Édition française :
Traduction : David Deleule
Adaptation graphique et lettrage : DIGIBOX

BP 177, 38008 GRENOBLE CEDEX.
ISBN : 978.2.7234.5030.0
ISSN : 1253.1928
Dépôt légal : Août 2005

Achevé d'imprimer en Espagne en mars 2010 par Novoprint sur papier provenant de forêts gérées de manière durable

www.glenatmanga.com

COLLECTION SHONEN
D.GRAY-MAN © 2004 by Katsura Hoshino / SHUEISHA Inc.
D.Gray-man
vol. 1
prologue
D.Gray-man
Glénat
EDITION FRANÇAISE

COLLECTION SHONEN

Katsura Hoshino

D.GRAY-MAN

À la fin du XIXe siècle, des créatures maléfiques, les Akuma, ont envahi le monde. Issus des expériences scientifiques du Comte millénaire, ils s'attaquent aux humains, leur infligeant tristesse et désespoir. Défiguré et doté d'un bras de démon, le jeune Allen Walker met ses pouvoirs extraordinaires au service des exorcistes, une organisation secrète qui tente de combattre le Comte.
Avec son univers sombre et mélancolique, cette série fantastique et horrifique est une véritable œuvre d'art à part entière.

La chasse aux démons a commencé

SLAP

SCÉNARIO
RIICHIRÔ INAGAKI
DESSINS
YÛSUKE MURATA

SUPERVISION
AKIRA TANAKA

STAFF
KENJI MUTÔ
TAKAHIRO HIRAISHI

REMERCIEMENTS
KENTARÔ KURIMOTO
KIN'ICHI YAMADA

LA PLACE DE REPRÉSENTANT DU JAPON EST EN JEU...
TOUT SE DÉCIDERA EN UN MATCH !

◆ LA MAMAN DE MAMORI

MÉTISSE AMÉRICANO-JAPONAISE, ELLE FINIT PREMIÈRE DE SA PROMOTION, EST JOLIE, GENTILLE, DOUÉE POUR LA CUISINE, ENFIN BREF... LA RÉINCARNATION D'UNE DÉESSE !
ELLE FIT LA RENCONTRE DE LA MÈRE DE SENA LORS DE COURS BÉNÉVOLES DE CUISINE, CETTE DERNIÈRE ÉTANT PARTICULIÈREMENT PEU DOUÉE. POUR UNE RAISON INCONNUE, ELLES S'ENTENDIRENT BIEN, ET C'EST AINSI QUE SENA ET MAMORI SE FRÉQUENTÈRENT DÈS LEUR PLUS JEUNE ÂGE.

◆ LE PÈRE KOMUSUBI

UN CAMIONNEUR DEMEURANT DANS UNE HABITATION DE SA COMPAGNIE. EMPLOYÉ CHEZ LES TRANSPORTS YOKOZUNA, TOUS LES EMPLOYÉS, DU PDG AUX STAGIAIRES, SONT DES HOMMES, DES VRAIS. (LE PDG N'EMBAUCHE QUE DES HOMMES, DES VRAIS).

C'EST DANS CET ENVIRONNEMENT QUE KOMUSUBI A SANS DOUTE DÉVELOPPÉ CETTE APTITUDE À COMMUNIQUER AVEC LES HOMMES FORTS.

◆ LA MÈRE YUKIMITSU

LA TERREUR DE YUKIMITSU. PARFOIS ELLE S'EXCLAME « C'EST CELA, OUI ».

TEL PÈRE, TEL FILS

super biographie des parents !

♦ LE PAPA DE SENA

UN JURISTE DE SECOND RANG QUI A ATTEINT L'ÂGE CRITIQUE DE 42 ANS. MARIAGE ARRANGÉ. POUR ÊTRE CLAIR, C'EST UN HOMME MORIBOND, MAIS IL FAIT LE TRAVAIL ADMINISTRATIF QU'ON LUI DEMANDE DE FAIRE.
L'ÉTRANGE ASCENSION DE SENA QUANT À SES QUALITÉS DE RESPONSABLE TROUVE PEUT-ÊTRE SA SOURCE ICI.

♦ LA MAMAN DE MONTA

UNE JEUNE MAMAN ADEPTE DE CIGARETTES, DE BOISSONS ALCOOLISÉES ET DE PACHINKO.
N'AYANT PLUS TROP À S'OCCUPER DE SON FILS, RÉCEMMENT, ELLE PASSE LE PLUS CLAIR DE SON TEMPS PLANTÉE DEVANT LA TÉLÉ.

♦ LE PAPA DE KURITA

LE SUPER INTENDANT DE L'ENSEIGNEMENT DU LOTUS FURIEUX, BRANCHE BOUDDHIQUE.
LES BONZES DU FUTUR DEVRONT ÊTRE FORTS ! C'EST AINSI QU'IL NOURRIT SON FILS DEPUIS SA PLUS TENDRE ENFANCE, MAIS IL L'A PEUT-ÊTRE UN PEU TROP NOURRI.

ZAF
ATTRAPE ÇA !
TETSUMA.
GWISH
HIJI !
TCHOU
TCHOU
TCHOU
PFF PFF
... TROP BEAU POUR ÊTRE VRAI !
...
COMME JE LE DISAIS...
RECEVEUR DES SEIBU WILD GUNMANS
SHÔ TETSUMA
QUARTERBACK DES SEIBU WILD GUNMANS
KID
IDENTITÉ RÉELLE INCONNUE
EYESHIELD 21, TOME 4
LE MAÎTRE DE LA PEUR (FIN)
NE MANQUEZ PAS LA SUITE !

ÔJÔ WHITE KNIGHTS
SEIBU WILD GUNMANS
20 3 07
ÔJÔ PERD 20 À 7 !
Riddell
...
20 POINTS CONTRE ÔJÔ...
C'EST TROP BEAU POUR ÊTRE VRAI.
APRÈS UNE JOURNÉE AUSSI BONNE, ON DEVIENT VITE BLASÉ...

BLAM BLAM
WILD WILD
GUNMANS !
AH, QUELLE MISÈRE !
20 – 7 À LA MI-TEMPS...
UN SPECTACLE DE MI-TEMPS ?
TWIIT!
WAAH!
C'EST VULGAIRE ...
IDIOTS, LISEZ BIEN LE SCORE !
À SHIN...
ILS ONT SEPT POINTS, ÇA VEUT DIRE QU'ILS ONT MARQUÉ UN TOUCHDOWN À ÔJÔ !
ALORS ILS NE SONT PAS QUE VULGAIRES.
!

Hep ! vous qui montez à trois, rangez-vous sur le côté !
VRAAOOMM

WAAH!
WAAH!
TERRAIN MUNICIPAL DE LA GLOIRE

BLA BLA
TWiiiiT!

PAGE PRÉCÉDENTE
PAGE SUIVANTE
ARRÊTER
RAFRAÎCHIR
DÉPART
REMPLISSAGE AUTOMATIQUE
IMPRIMER
MESSAGERIE
FAVORIS / HISTORIQUE / RECHERCHE / BROUILLON / ARCHIVES
V.S.
SEIBU WILD GUNMANS
ÔJÔ WHITE KNIGHTS
Q
ÔJÔ
JOUEURS CONFIRMÉS
AH ! ÔJÔ !
CONTRE... SEIBU ?!
C'EST L'ÉQUIPE QUI MONTE CETTE ANNÉE ?
C'EST LA FINALE... J'AIMERAIS BIEN LA VOIR.
ELLE NE PASSERAIT PAS À LA TÉLÉ ?
BON, ON VA ORGANISER UN VISIONNAGE DE MATCH POUR LES NOUVEAUX.
TRÈS BONNE IDÉE !
ILS N'ONT ENCORE JAMAIS VU CE QU'ÉTAIT UNE RENCONTRE ENTRE ÉQUIPES.
IL VA FALLOIR AU MOINS CINQ TAXIS !
TANT QUE ÇA ?

AH !
EN PARLANT DU TOURNOI, J'Y PENSE.
QUELLES ÉQUIPES ONT REMPORTÉ LES TOURNOIS RÉGIONAUX DE PRINTEMPS ?
CETTE ANNÉE ?
HMM... LE TOURNOI DE KANAGAWA S'EST FINI IL Y A PEU.
LE VAINQUEUR EST... BEN CELA VA SANS DIRE.
LES NAGAS DE SHINRYÛJI... N'EST-CE PAS ?...
?
ET...
ENSUITE... LE TOURNOI DE TÔKYÔ...
OH !
LA FINALE A LIEU EN CE MOMENT MÊME !

EN TOUT CAS...
... LE TOURNOI D'AUTOMNE DÉBUTE JUSTE APRÈS LES VACANCES D'ÉTÉ.
BLOMK
ILS SERONT TOUS PRÊTS D'ICI LÀ ! IL LE FAUT !
APRÈS TROIS ANNÉES DE CLUB À DEIMON, ON VA ARRÊTER.
CE SERA LE DERNIER TOURNOI D'AUTOMNE, POUR NOUS...
N'OUBLIE PAS UN TRUC, SEULE LA VICTOIRE M'INTÉRESSE.
ON IRA, HEIN ?
AU CHRISTMAS BOWL !

SURTOUT COMPARÉS À LUI !
GÉNIAL !
TAP TAP TAP TAP TAP TAP
WHAAAAOW !!
GÉNIAAAL !
ZRASH
T'ES VRAIMENT EXCELLENT !
ALLONS, Y A PAS DE QUOI.
BOM
LUI, HOLÀLÀ... IL A DU CHEMIN À FAIRE.
IL FAUT QU'IL TIENNE BON !

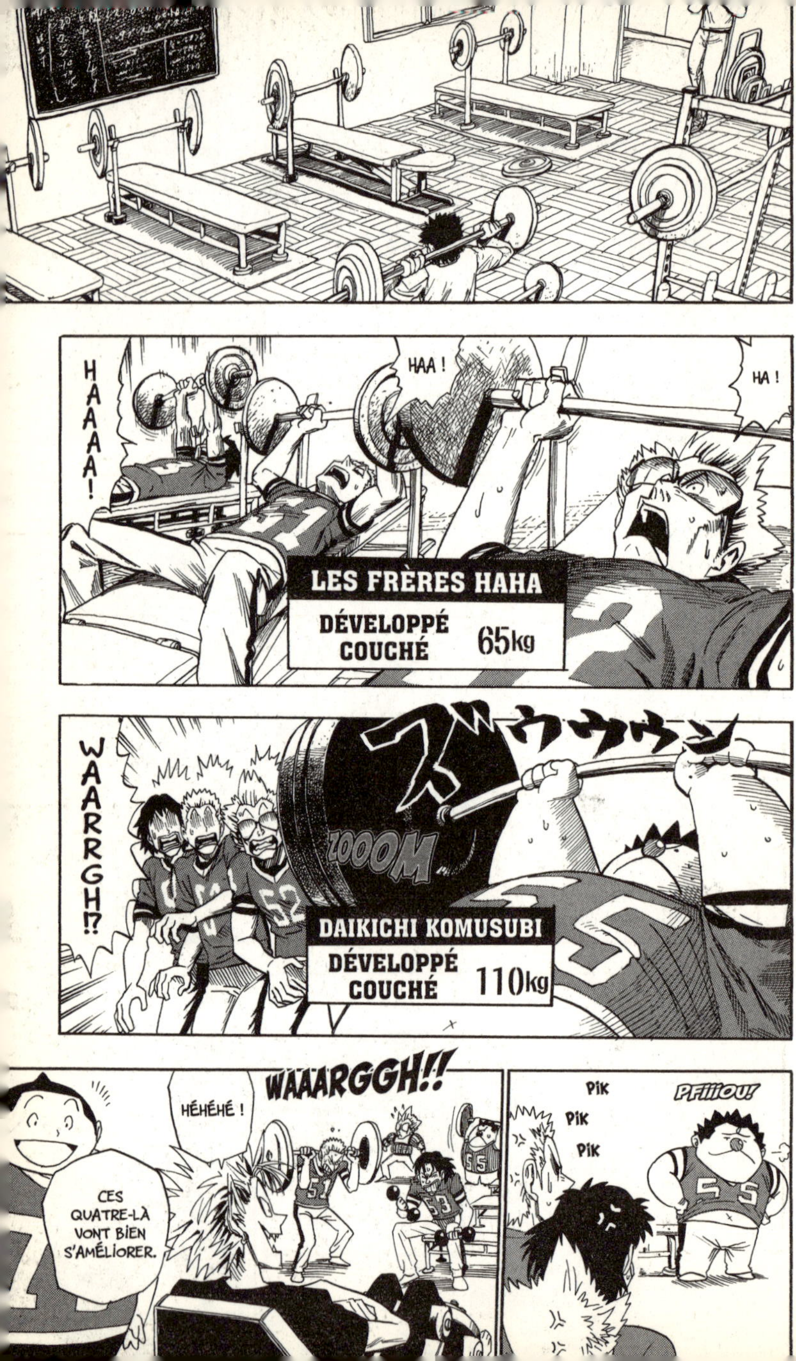
HAAAAA!
HAA !
HA !
LES FRÈRES HAHA
DÉVELOPPÉ COUCHÉ 65kg
WAAARRGH!?
ZOOOM
DAIKICHI KOMUSUBI
DÉVELOPPÉ COUCHÉ 110kg
WAAARGGH!!
HÉHÉHÉ !
CES QUATRE-LÀ VONT BIEN S'AMÉLIORER.
PIK
PIK
PIK
PFIIIOU!

SBAM
SBAM
PAOTCH
GURF !
POM
POM
KRR
KRR
ESPÈCE
DE... !
PLAM
ARGH !
LES NABOTS,
'FAUT LES
MATER PAR
LE HAUT.
...

RÉSIDENCE KUROKI
RÉSIDENCE JÛMONJI
RÉSIDENCE TOGANÔ
HA ?
HAA ?
HAAAA ?
Kiii
J'AURAI PRÉVENU ...
JE VAIS T'APPRENDRE UNE FORMULE MAGIQUE.
"PHOTO" !
"PHOTO" ?
...
?
?
VOILÀ, VOUS AVEZ BIEN BOSSÉ.

RÉSIDENCE HIRUMA
BROMF
HMM... ÇA CRAINT...
LES TROIS AUTRES NE SONT TOUJOURS PAS ARRIVÉS...
VAS-Y, APPELLE-LES.
HEIN ?
MAIS QU'EST-CE QUE JE VAIS BIEN POUVOIR LEUR DIRE ENCORE ?

RÉSIDENCE KOBAYAKAWA
KOBAYAKAWA
HMM... ÇA DOIT ÊTRE ICI.
SENAAA ! ON VA À L'ÉCHAUF-FEMENT !
ON A UNE SONNERIE, TU SAIS...
J'AI RÉFLÉCHI, JE VOULAIS PAS RÉVEILLER TOUTE TA FAMILLE.
ET QUAND TU CRIES, TU NE CROIS PAS QUE...
COMMENT ÇA ?
AH OUI, MAINTENANT QUE TU LE DIS...

RÉSIDENCE RAIMON
BAM !
Pi
Pi
Pi Pi Pi Pi
Pi
LEVER & MÉTAMOR-PHOSE !
TZAM
J'Y VAIS ! SALUT !
TCHOP
NE MANGE PAS AVEC TES PIEDS !

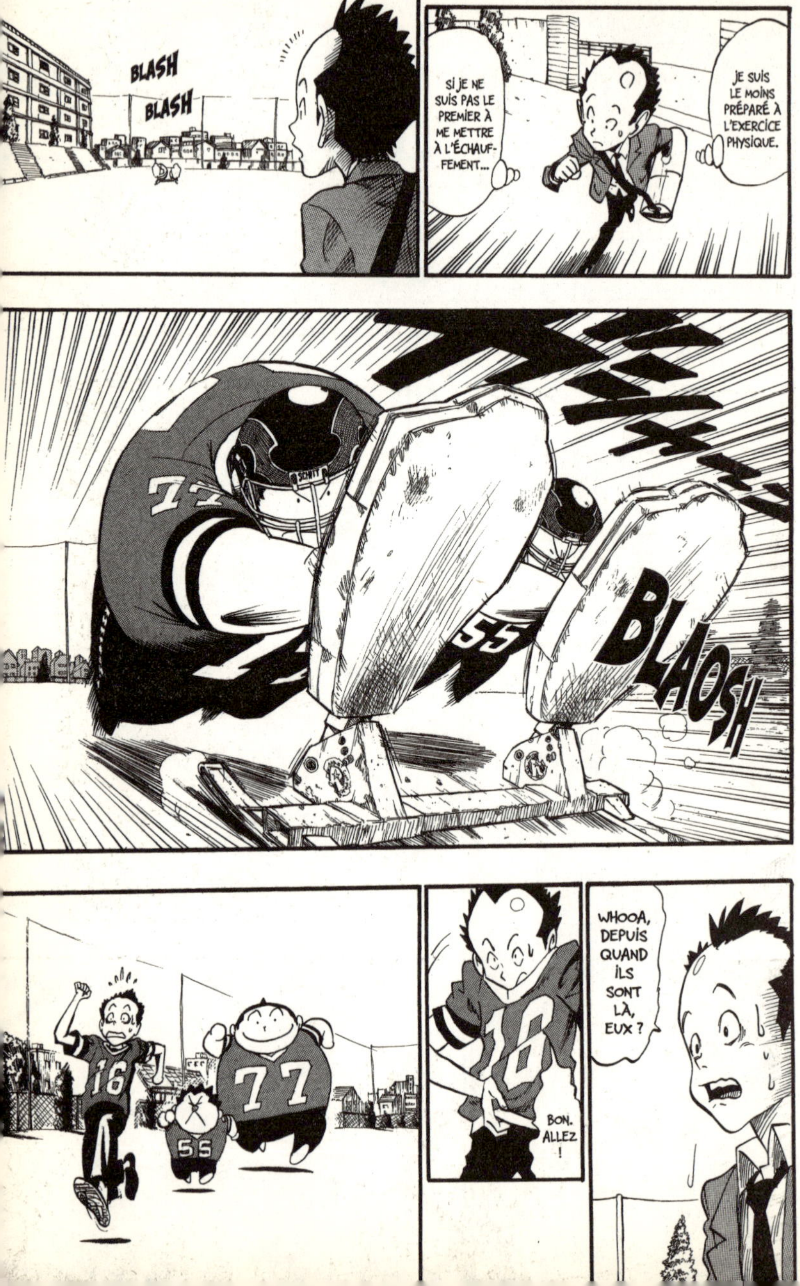
JE SUIS LE MOINS PRÉPARÉ À L'EXERCICE PHYSIQUE.
SI JE NE SUIS PAS LE PREMIER À ME METTRE À L'ÉCHAUFFEMENT...
BLASH
BLASH
BLAOSH
WHOOA, DEPUIS QUAND ILS SONT LÀ, EUX ?
BON. ALLEZ !

EUH...
...JE ME DISAIS QUE J'ARRIVERAIS PLUS FACILEMENT À ME CONCENTRER À LA SALLE D'ÉTUDES QU'ICI...
OH, C'ÉTAIT DONC ÇA ?
C'EST BIEN PENSÉ.
J'AVAIS PEUR QUE TU TE SOIS DÉCIDÉ À REJOINDRE UN QUELCONQUE CLUB...
TCHORF
... MAIS J'AVAIS TORT.
HA HA HA HA HA !
CUI CUI

GRAND PALACE
RÉSIDENCE YUKIMITSU
OH, MANABU CHÉRI.
TU TE LÈVES BIEN TÔT POUR UN DIMANCHE, TU T'EN VAS ÉTUDIER À L'ÉCOLE ?
HIC!
CE SONT LES EXERCICES MATINAUX DU CLUB DE FOOT AMÉRICAIN.
J'AI PASSÉ LE TEST D'ENTRÉE AU CLUB !
QUELS PROPOS HONTEUX ! QUE COMPTES-TU FAIRE DANS TA VIE ?! TU N'AS PAS LE TEMPS POUR CE GENRE DE SOTTISES ! C'EST CE GENRE DE COMPORTEMENT QUI T'A AMENÉ AU LYCÉE DEIMON !
...
ジーニアス英和

MÉCRÉANTE !
DEUX MÂLES VIRILS PEUVENT PARFAITEMENT SE COMPRENDRE SANS MÊME SE PARLER !
MAIS OUI, MAIS OUI.
ÉCOUTE BIEN, DAIKICHI.
TAP
TOUT HOMME FORT EST UNE BONNE PERSONNE.
GNOUF GNOUF
CELUI QUE TU AS CHOISI...
... SERA SANS DOUTE UN TRÈS GRAND HOMME.
MAINTENANT QUE TU ES DEVENU SON DISCIPLE...
... SOIS-LE JUSQU'À CE QUE TON MAÎTRE EN SOIT FIER !
SI TU T'ARRÊTES EN CHEMIN, TU AURAS AFFAIRE À MOI !
ブッフ〜ン!!
GROUMP

RÉSIDENCE KOMUSUBI
TCHOUP
QU'Y A-T-IL, DAIKICHI ?
HA HA HA !
IL FAIT ENCORE NUIT.
NOTRE FILS A DÉJÀ ATTEINT L'ÂGE DES SORTIES NOCTURNES !
...
MON... MON MAÎTRE !
?
OH ? TON AÎNÉ T'A ACCEPTÉ COMME DISCIPLE AU SEIN DE SON CLUB DE FOOT AMÉRICAIN.
ET IL T'A CONVIÉ À UN ÉCHAUFFEMENT MATINAL.
TU NE DOIS SOUS AUCUN PRÉTEXTE ÊTRE EN RETARD, C'EST ÇA ?
GNOUF GNOUF
COMMENT PEUVENT-ILS ARRIVER À COMMUNI-QUER ?...

RÉSIDENCE KURITA
DAIKICHI KOMUSUBI 000-△△△-5641
RYÔKAN KURITA 000-×△×-9876
KÔJI KUROKI 090-▽○▽-9696
YÔICHI HIRUMA 090-××△-1121
KATAK KATAK
!
ORGANIGRAMME
KURITA
HIRUMA
FIN
AVANT ÇA'VAIT TOUJOURS ÉTÉ...
DÈS DEMAIN, EXERCICE MATINAL !
VIENS QUAND TU LE SENS !
SILENCE, RYÔKAN ! JE NE PEUX PAS MÉDITER, BON SANG !

MAIS TU AS DES CHOSES PLUS IMPORTANTES À T'OCCUPER, VOYONS !
AH... AH BON ?!
QUOI DONC ?
TES TÂCHES DE RESPONSABLE : TE RENSEIGNER SUR NOS ADVERSAIRES, PAR EXEMPLE.
OUF !
BIEN... BIEN SÛR... JE SUIS RESPONSABLE.
ÇA M'A L'AIR TERRIBLEMENT ÉPROUVANT, CE CLUB DE FOOT AMÉRICAIN...
AH !
LAISSE, JE FERAI LA VAISSELLE QUAND J'AURAI FINI !
MAIS POURQUOI CETTE PASSION SOUDAINE ?
C'EST PARCE QUE TU ES 1/4 AMÉRICAINE ?
ALLONS, ÇA N'A RIEN À VOIR AVEC MES ORIGINES...
ET VOILÀ !
MON DEVIL BATS
ORGANIGRAMME
MAMORI ANEZAKI
DAIKICHI KOMUSUBI
RYÔKAN KURITA
SENA KOBAYAKAWA
TARÔ RAIMON
KAZUKI JUMONJI
KÔJI KUROKI
YÔICHI HIRUMA
SHÔZÔ TOGANÔ
MANABU YUKIMITSU
BIP !
KZZZ

RÉSIDENCE ANEZAKI
RYÔKAN KURITA
000-XΔX-9876
HIRUMA
090 -XX
SHRÎÎT
SENA KOBAYAKAWA
-ΔXΔ-1234
TSHAF
TSHAF
NON, NE T'EN FAIS PAS, SENA.
JE M'OCCUPE DE L'ORGANI-GRAMME.

RIVALITÉ
ESTIME
ESTIME
TERREUR
TERREUR
AMITIÉ
FASCINATION
PROTECTION
FAMILLE, FAMILLE
CHAPITRE

PRÉSENTATION DES NOUVEAUX MEMBRES DES DEIMON DEVIL BATS

DAIKICHI KOMUSUBI

PUISSANCE	☆☆☆☆
VITESSE	☆☆
MENTAL	☆☆☆☆

MANABU YUKIMITSU

PUISSANCE	☆
VITESSE	☆
MENTAL	☆☆☆☆☆

SHÔZÔ TOGANÔ

LES FRÈRES HAHA

KÔJI KUROKI

PUISSANCE	☆☆
VITESSE	☆☆
MENTAL	☆

KAZUKI JÛMONJI

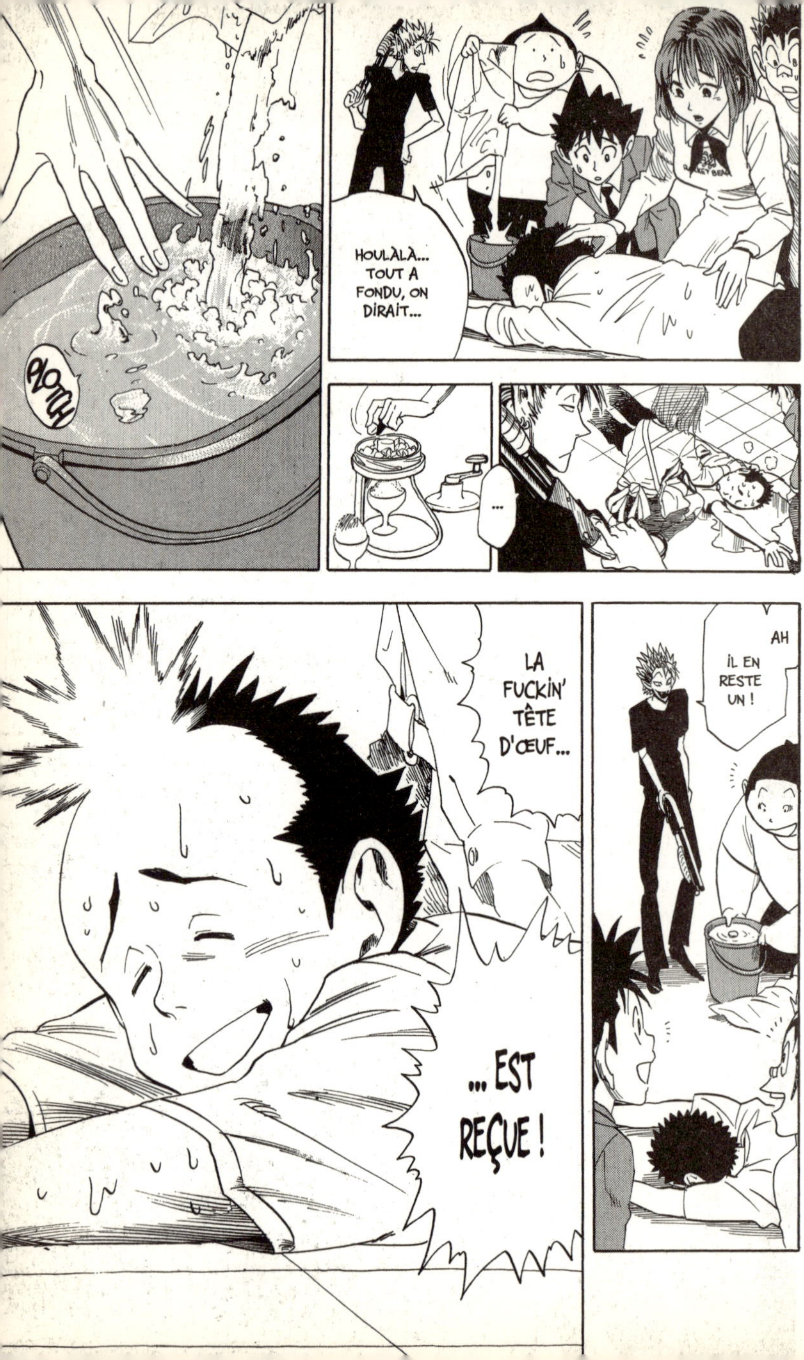
HOULÀLÀ... TOUT A FONDU, ON DIRAIT...
PLOTCH
...
AH
IL EN RESTE UN !
LA FUCKIN' TÊTE D'ŒUF...
... EST REÇUE !

FRAISE
SIROP
IL NE RESTE PLUS PERSONNE.
TCHING
ILS SONT TOUS REPARTIS, IL ME SEMBLE.
STAP
ILS ONT ABANDONNÉ.
HEIN ? MAIS ON A BESOIN DE...
MAIS NOUS ON EN A MONTÉ PLUSIEURS FOIS, DE LA GLACE.
C'ÉTAIT ÇA, LE TEST.
VOIR CEUX QUI AURAIENT LES TRIPES POUR NE PAS ABANDONNER.
SPLORT
べしゃあ

KBLAM
ザッ
ガーン
FUCKIN' GROS LARD JUNIOR EST REÇU !
C'EST COOL !
HA.
HAA.
HAAAA.
WHAOW, C'EST ÉNORME.
ザン
TSHAK
LES FUCKIN' FRÈRES SONT REÇUS !
ON T'A DÉJÀ DIT QU'ON N'ÉTAIT PAS FRÈRES...
EUH... POURQUOI ON EST REÇUS, D'AILLEURS ?

ÇA SUFFIT COMME ÇA !
ET DIRE QUE JE PENSAIS QUE PARCE QUE CE CLUB ÉTAIT DÉPEUPLÉ, J'ALLAIS POUVOIR M'AMUSER AVEC LEURS FONDS !
C'EST HORS DE PROPORTION !
JE FERAIS PEUT-ÊTRE BIEN DE RENTRER, MOI AUSSI...
CE TEST EST VRAIMENT ABSURDE !
...

JE DOIS...
... ABSOLU-MENT...
... PASSER CE TEST !...
URGH...
BEUARG!!
WHOAA ! C'EST CRADE !
PLOM
SHRAF
ÇA GÈLE...
AÏE AÏE AÏE AÏE !
KATAKLAT

VOTRE UNIVERSITÉ DÉCIDERA DE VOTRE DESTINÉE !
POF
POF
POF
J'EN PEUX PLUS.
C'ÉTAIT TROP POUR MOI.
DE TOUTE MON ENFANCE, JE N'AURAI RIEN FAIT D'AUTRE QU'ÉTUDIER...
JE ME SOUVIENS DE RIEN D'AUTRE QUE D'AVOIR ÉTUDIÉ... QUE CE SOIT AU COLLÈGE, AU LYCÉE...
... ET L'ANNÉE PROCHAINE, C'EST LE BAC.
C'EST MA DERNIÈRE CHANCE !
AVANT ÇA, JE VEUX FAIRE...
... CE DONT J'AI ENVIE AU MOINS UNE FOIS...

BLAM
BROOMM
BLONG
AH !
ZAF
PREMS !
FWIIF
IL M'EN RESTE JUSTE UN !
IL VIENT JUSTE DE FONDRE ...
CROFT CROFT
TIENS, SENA.
WARG !
KLING
KLING
Kiiiiiiiiiiiiiiiiiiiii !
TAP TAP TAP TAP TAP TAP TAP TAP TAP TAP TAP TAP
TIENS, MONTA.
HUF HUF
CE FUT... RAPIDE.

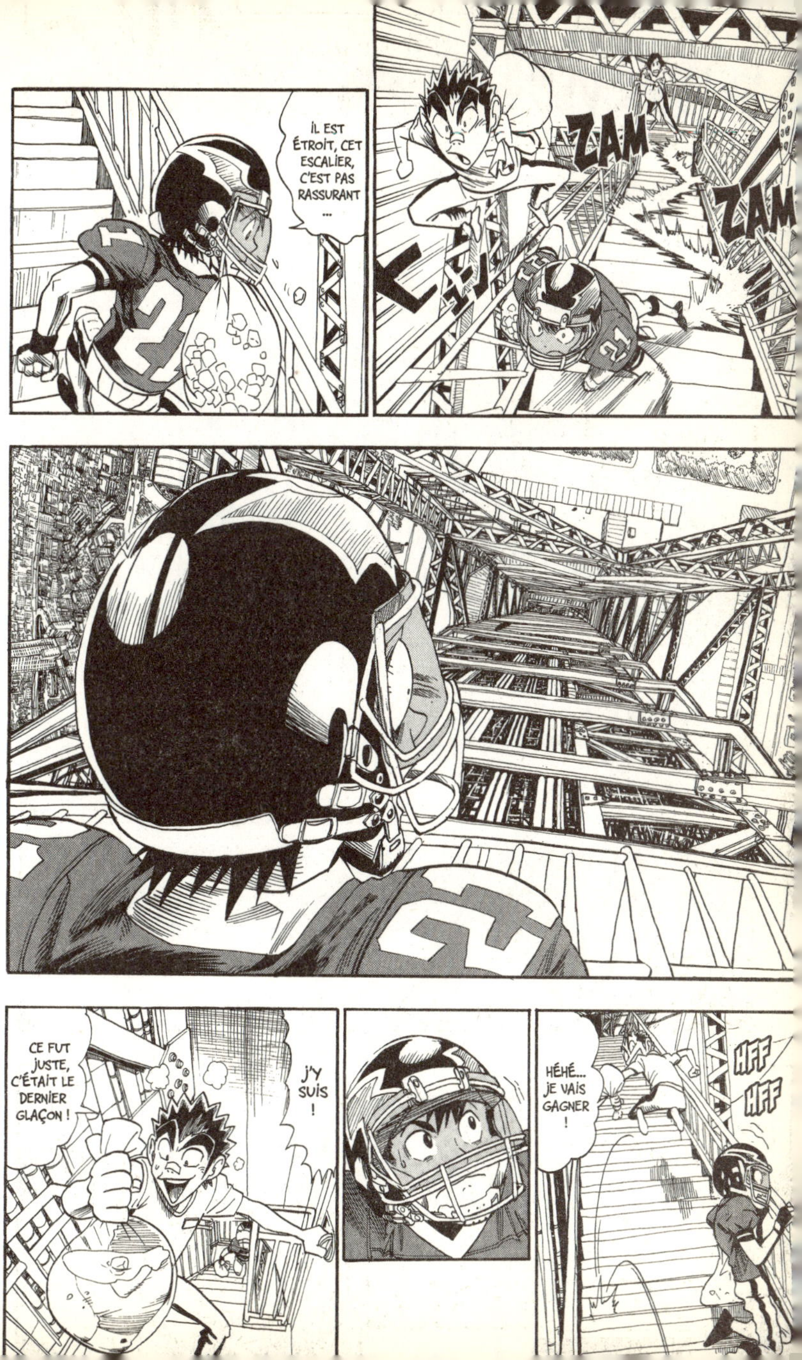ZAM
ZAM
ÎL EST ÉTROÎT, CET ESCALÎER, C'EST PAS RASSURANT ...
HFF HFF
HÉHÉ... JE VAÎS GAGNER !
J'Y SUÎS !
CE FUT JUSTE, C'ÉTAÎT LE DERNIER GLAÇON !

* NORI : ALGUES DÉSHYDRATÉES, DE COULEUR NOIRE, AVEC LESQUELLES ON ENTOURE LES BOULETTES DE RIZ (ONIGIRI).

TAKATAKAK
ET VOILÀ LE GARDE DE L'ENFER !
WAAARGL !
ドドドド

ESCALIER POUR LA PLATE-FORME D'OBSERVATION SPÉCIALE.
EUH... TU CROIS QUE C'EST PRUDENT DE CONTI-NUER ?
À PARTIR D'ICI
PORT DU HARNAIS DE SÉCURITÉ OBLIGATOIRE
ZROO...
HMM ?
WHOOA !
ZROOAM
L'ASCENSEUR DESCEND !
'FAUT FAIRE GAFFE ...
ZROOOM

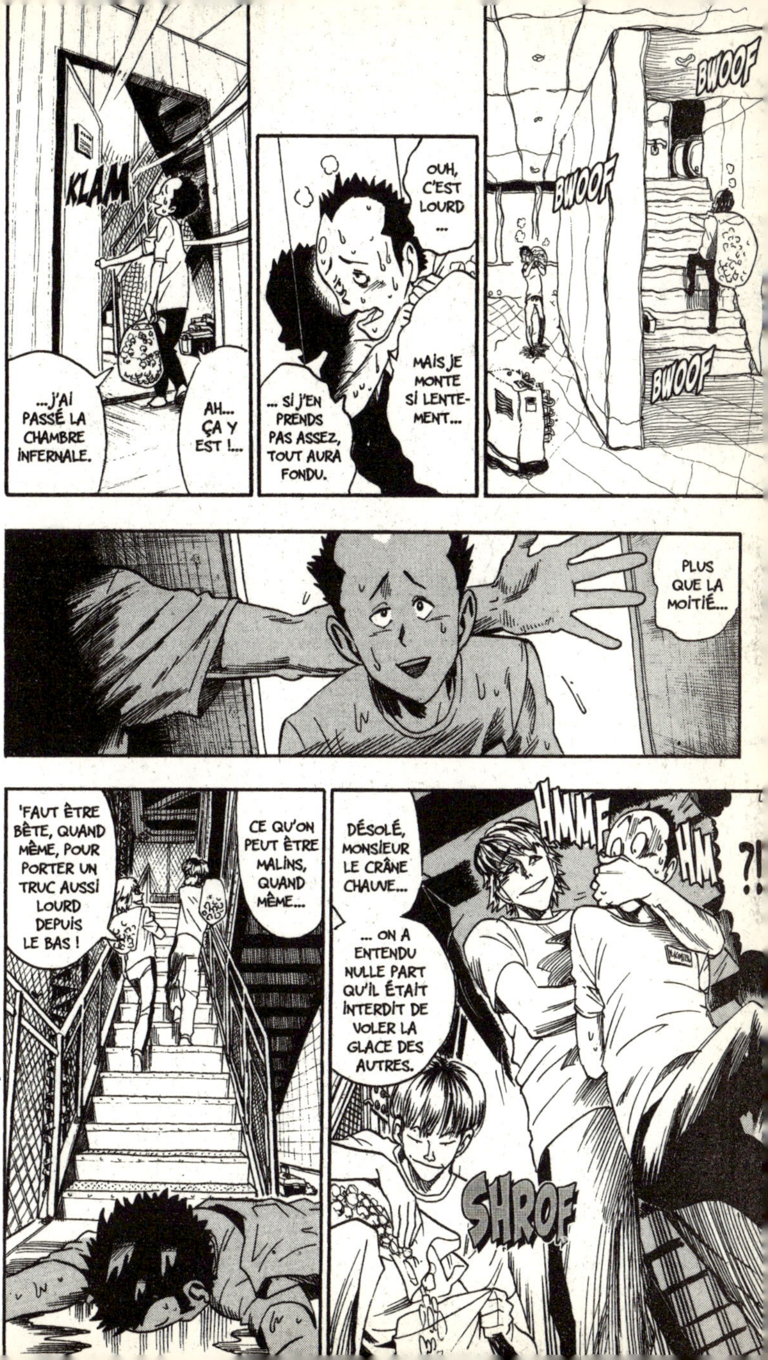
BWOOF
BWOOF
BWOOF
OUH, C'EST LOURD ...
MAIS JE MONTE SI LENTEMENT...
... SI J'EN PRENDS PAS ASSEZ, TOUT AURA FONDU.
KLAM
AH... ÇA Y EST !...
...J'AI PASSÉ LA CHAMBRE INFERNALE.
PLUS QUE LA MOITIÉ...
HMMF
HM
?!
DÉSOLÉ, MONSIEUR LE CRÂNE CHAUVE...
... ON A ENTENDU NULLE PART QU'IL ÉTAIT INTERDIT DE VOLER LA GLACE DES AUTRES.
SHROF
CE QU'ON PEUT ÊTRE MALINS, QUAND MÊME...
'FAUT ÊTRE BÊTE, QUAND MÊME, POUR PORTER UN TRUC AUSSI LOURD DEPUIS LE BAS !

PFIIIOU
QUEL BÂTARD !
RAAAAAAH!!
TAM
TAM
TAM
TAM
TAK TAK TAK TAK TAK TAK TAK TAK TAK TAK TAK TAK TAK TAK TAK TAK TAK TAK
TOM TOM
TOM
TU ES LE PREMIER !
C'EST GÉNIAL !

BON, ON REFAIT UNE TENTATIVE PUIS ON JETTE L'ÉPONGE.
POC
POUSSE-TOI, GROS TAS !
ILS Y METTENT DU CŒUR.
LA GLACE A FONDU, TOUT LE MONDE REVIENT AU POINT DE DÉPART.
TAK
TAK
TAK
SCROF
OWACHI !
...

OUH !
VOUF
MAIS... ON CRÈVE DE CHAUD, ICI !
PSHOUF
C'EST QUOI, CE DÉLIRE ?!
DEUXIÈME OBSTACLE...
... LE FOUR DE L'ENFER !
ON POURRAIT PEUT-ÊTRE FAIRE PLUS SIMPLE...
NORI
ARGH ! TOUT A FONDU !
ET ZUT, ON DOIT REDESCENDRE !

ZOUF
AH !
PLOK
PLOK
KLAN
ON A QUAND MÊME RÉUSSI À ATTEINDRE LA PLATE-FORME !
ARF!
ARF!
ARF!
ARF!

CERBERUS !
TANT QUE ÇA A DU GOÛT, IL BOUFFERAIT N'IMPORTE QUOI !
CRAF
CRUNCH
HOP !
OH !
CROK
EXCUSEZ-NOUS !
TCHOP
TIENS, VOILÀ LA MOITIÉ DE CE QUE TU AS BALANCÉ !

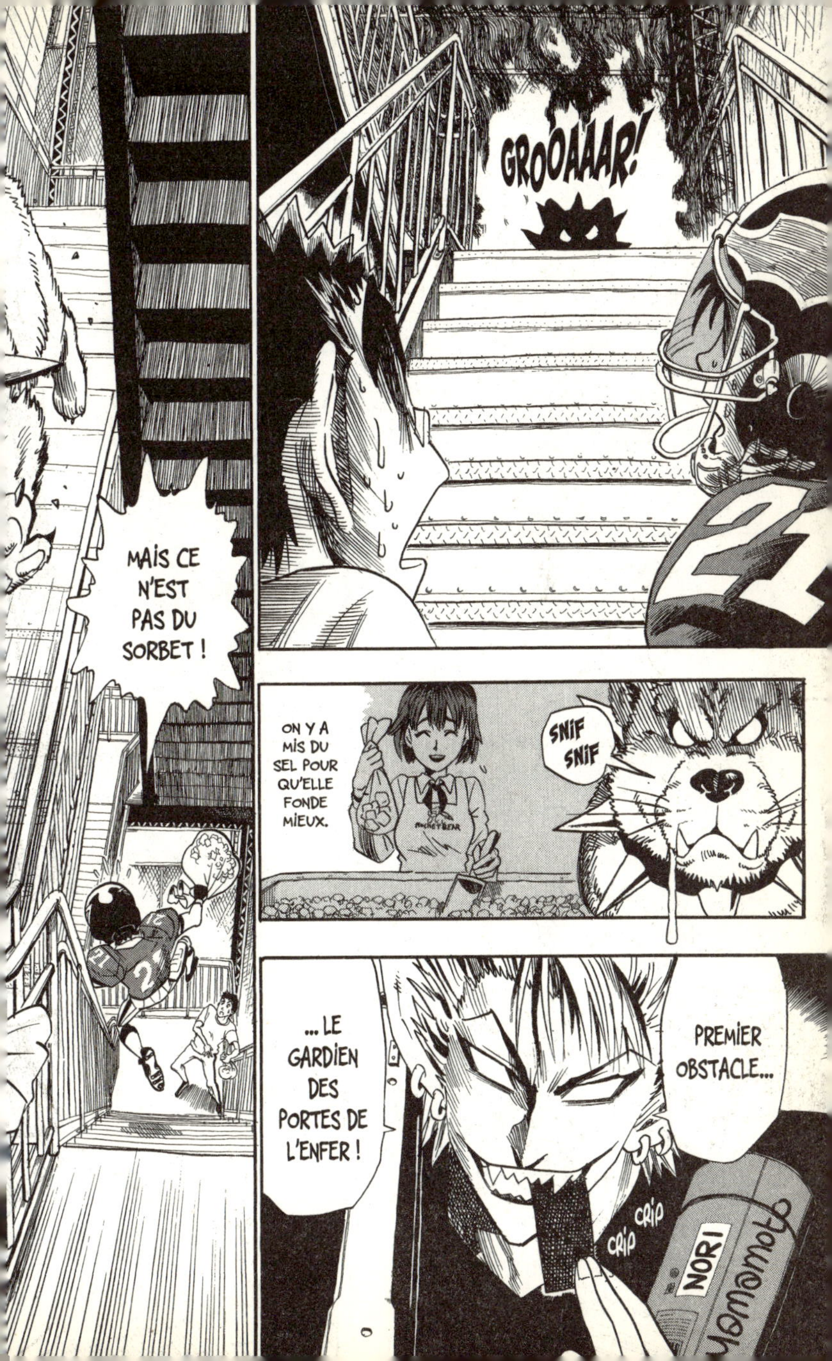
GROOAAAR!
SNIF SNIF
ON Y A MIS DU SEL POUR QU'ELLE FONDE MIEUX.
PREMIER OBSTACLE...
... LE GARDIEN DES PORTES DE L'ENFER !
CRIP CRIP
NORI
MAIS CE N'EST PAS DU SORBET !

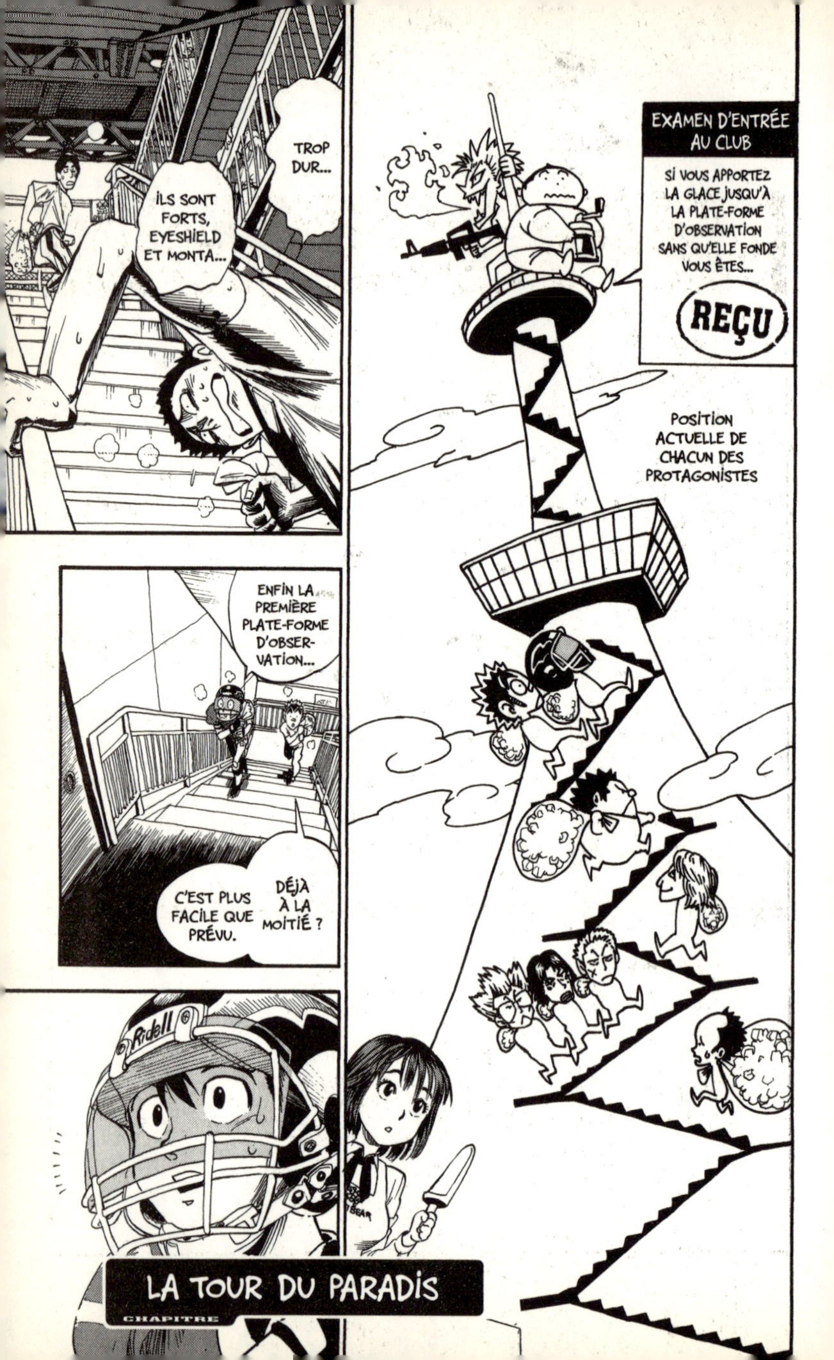
EXAMEN D'ENTRÉE AU CLUB
SI VOUS APPORTEZ LA GLACE JUSQU'À LA PLATE-FORME D'OBSERVATION SANS QU'ELLE FONDE VOUS ÊTES...
REÇU
POSITION ACTUELLE DE CHACUN DES PROTAGONISTES
TROP DUR...
ILS SONT FORTS, EYESHIELD ET MONTA...
ENFIN LA PREMIÈRE PLATE-FORME D'OBSERVATION...
DÉJÀ À LA MOITIÉ ?
C'EST PLUS FACILE QUE PRÉVU.
LA TOUR DU PARADIS
CHAPITRE

de Mamori Anezaki, manager

Le Journal des Devil Bats

Aujourd'hui s'est déroulé l'examen d'entrée au club, à la tour de Tôkyô. Bon courage, tous !

Et merci au patron du bar du coin pour nous avoir offert les pains de glace !

OH, IL RESTE ENCORE DE BRAVES GENS, EN CE BAS MONDE !

OUI, IL ÉTAIT BIEN BRAVE, CE MONSIEUR. « COMMENT VOUS SAVOIR PAS PASSEPORT ? S'IL VOUS PLAÎT, PAS PRÉVENIR POLICE ! ». IL NOUS AS DONNÉ TOUT CE QU'ON VOULAIT EN GÉMISSANT CE CHARABIA.

SENA
V.S.
MONTA
ON VA TROUVER UN RAC-COURCI.
WHOOA, C'EST TROP LOURD...
J'EN PEUX PLUS ...
HI HI HI HI
IL NE FAUT PAS MÉSESTIMER ...
... LA TOUR INFERNALE !
JE ME FAIS DU SOUCI ...

ON VA ÊTRE PARTENAIRES ET RIVAUX !
UN COMBAT À LA LOYALE ?
D'ACCORD !
HUMPF

J'AURAIS PEUT-ÊTRE MIEUX FAIT D'EN PRENDRE PLUS ?
ARRÊTE, ÇA AURAIT ÉTÉ TROP LOURD.
PLUS LÉGER TU ES, PLUS TU MONTES VITE, ET TU FINIRAS EN TÊTE.
AH! はっ
LA RÉCEPTION, C'EST LE TOP !
QUELLE STAR !
21
1
2
3
ÇA VA ÊTRE UN DUEL ENTRE NOUS, ON DIRAIT.
CE... C'EST UNE COMPÉTITION, EN PLUS ?!
À LA COURSE, JE N'AURAIS AUCUNE CHANCE...
STAP
... MAIS À LA COURSE VERTICALE, MA PUISSANCE DE SAUT FERA LA DIFFÉRENCE !
LE PERDANT DONNE SES REPAS À L'AUTRE !
DOING
DOING
DOING
ぴょんぴょーんぴょ
HÉLÀ, C'EST PAS LOYAL !
C'EST L'ARGENT POUR TON REPAS ?
AH, JE VAIS VOUS PAYER.
TIENS, JE T'AI PRÉPARÉ TON REPAS.

L'ARRIVÉE EST À LA PLATE-FORME D'OBSERVATION SPÉCIALE (250 MÈTRES).
PLATE-FORME D'OBSERVATION SPÉCIALE
LE GROS LARD VOUS ATTEND EN HAUT, ET IL A ENVIE DE MANGER DE LA GLACE !
GRANDE PLATE-FORME D'OBSERVATION
PSHAF
MOI, JE PRENDS L'ASCENSEUR.
SLIF
PEU IMPORTE COMBIEN VOUS PRENEZ DE GLACE.
SI ELLE FOND, VOUS POURREZ EN REPRENDRE.
UNE FOIS À L'ARRIVÉE...
... DU MOMENT QU'IL VOUS RESTE UN PEU DE GLACE, C'EST FINI...
... VOUS AUREZ PASSÉ LE TEST !
ALORS APPORTEZ-LUI-EN !
ELLE A L'AIR DE FONDRE BIEN VITE...
ON Y A MIS DU SEL POUR QU'ELLE FONDE MIEUX.
C'EST GRIMPABLE ?
COMBIEN DE TEMPS ÇA PEUT PRENDRE...

LA TOUR DE TÔKYÔ ?!
ON L'A RÉSERVÉE POUR LA JOURNÉE.
MAIS D'OÙ TIENT-IL TOUTES SES RELATIONS ?
LA GLACE EST PRÊTE ?
AU POIL.
FROTCH
KATCHAK
JE PEUX AVOIR VOTRE ATTENTION, LES NAZES ?!
BIEN... LES RÈGLES SONT SIMPLES !

GWOOOOH!!

ET ÇA REPART ...
CETTE FOIS, C'EST LA DERNIÈRE.
ON VA FAIRE EXPRÈS DE RATER LE TEST, ET CIAO !
TIENS ? OÙ EST PASSÉE MAMORI ?
ELLE EST DÉJÀ PARTIE SUR PLACE.
SUR PLACE ?
ON N'EST PAS CENSÉS GRIMPER LES ESCALIERS DE L'ÉCOLE ?
ゴトトン
ゴトトン
KATA KATAM
12-011
ON VA QUAND MÊME PAS GRIMPER UN GRATTE-CIEL ?
HOULÀ, SI ÇA FAIT PLUS DE DIX ÉTAGES, JE RENDS MON TABLIER, MOI !
!!
HEIN ?

PFF
BOM BOM
CRIiiK
HAAAA ?!
HAA ?!
HA ?
BOM BOM BOM
ON VA LE NIQUER !
HAAAA !
WOUARGH !

CHNAK
ガッ
HÉ, DIS DONC !
SHLAK
BOM BOM
ARGH !...
WHOOAAAA ?!!
BOMP BOMP BOMP BOMP BOM
PLOF
...
FORT
TRALALA
FAIBLE

CETTE TENUE, C'EST UN TYPE DE PREMIÈRE, NON ?
HOULÀ, IL A L'AIR D'ÊTRE FATIGUÉ D'EXISTER !
HÉ !
C'EST PAS UN ENDROIT POUR TOI, LE PAPY CHAUVE DE PREMIÈRE !
QUE C'EST MECHANT !
HOU ! HOU !
PFFIIIOU ! 'Y FAIT CHAUD.
ON SE CROIRAIT PAS AU MOIS DE MAI...
QUEL BEAU TEMPS !
PLUS IL FAIT CHAUD, MIEUX C'EST !
?
C'EST QUOI, TOUT CE MONDE EN BAS ?
LE CLUB DE FOOT AMÉRICAIN ?
PFF !
BOM
BOM
BOM

VOOOM
KLN
LA TOUR INFERNALE ?!
VOOOM
C'EST UN TEST D'ENTRAÎNEMENT ET D'ENTRÉE AU CLUB, IL PARAÎT.
AH ? EN QUOI ÇA CONSISTE ?
ON RACONTE QUE CE SERAIT UNE COURSE DANS DES ESCALIERS, MAIS BON...
QUOI ? JUSQU'AU TOIT ?
D'UNE SEULE TRAITE, EN COURANT...
.. ÇA FAIT HAUT !
ILS ONT TOUS L'AIR TRÈS ENDURANTS.
HUM... PAS COMME MOI, L'ÉTERNEL BIBLIOPHILE.
JE SUIS LE SEUL EN PREMIÈRE.
IL N'Y A AUCUNE CHANCE POUR QUE JE PASSE CE TEST.
J'AURAIS MIEUX FAIT DE PAS VENIR !

LA TOUR INFERNALE
CHAPITRE
OKANE

LES FRÈRES HAHA NE SERONT PAS VENUS...
LE MATCH CONTRE LES REBELLES LES A PEUT-ÊTRE DÉGOÛTÉS ?
ON N'A PAS BESOIN DE MECS QUI EN ONT PAS !
PFF... CES GAILLARDS, ILS ENTRENT DANS UN CLUB ET LE QUITTENT AUSSITÔT.
EH BIEN ...
...J'AIMERAIS QUE TOUS CEUX QUE NOUS AVONS VUS AUJOURD'HUI... RESTENT.
JE NE VEUX PLUS QU'UN COPAIN NOUS LAISSE TOMBER !
ON POURRAIT PASSER ENSEMBLE À LA TÉLÉ.
JE VOUDRAI UN AUTOGRAPHE D'EYESHIELD !
LE TEST D'ENTRÉE EST PRÊT !
KLAP

MIYAKE, SECONDE TROIS...
DÉFENSE, SANS DOUTE...
LE SPORT, HMM...
JE SUIS ASSEZ DOUÉ POUR.
JE SUIS CAPABLE D'OCCUPER PLUSIEURS POSTES À LA FOIS.
MUF
VOUS N'ÊTES PAS TRÈS NOMBREUX.
ALORS ÇA SERAIT SANS DOUTE PAS MAL D'ENGAGER QUELQU'UN À PLUSIEURS POSTES À LA FOIS.
EN FAIT, J'AI BEAUCOUP DE RESPECT POUR TOI, HIRUMA.
TU ES PLEIN DE THUNES, ET TU AS PLEIN DE GENS À TA BOTTE.
EN FAIT, J'AIMERAIS BIEN M'OCCUPER DU SUPERFLU.
...

J'AI TROUVÉ LE JEU DE PASSES TROP CLASSE.
Monta
QUAND IL L'ENVOIE COMME ÇA, FWISH !
POING
Rawlings
GWAAH!!
ENQUÊTE
FAN D'EYESHIELD
LE DOSSARD 80 A LA CLASSE QUAND IL RATTRAPE LES PASSES
LA PUISSANCE DE LA LIGNE EST INCROYABLE
ALLONS, C'EST JUSTE PARCE QUE LE MATCH CONTRE ÔJÔ A ÉTÉ RETRANSMIS À LA TÉLÉ...
D'ACCORD. POUR LA PROCHAINE RETRANSMISSION, JE SERAI DEVENU UNE STAR ! PRÉPARE-TOI, EYESHIELD !
HEIN ?
ON VA ÊTRE PARTENAIRES ET RIVAUX !
Kurita centre
Monta wide receiver

CRIIIT
FAN D'EYESHIELD
LE DOSSARD 80 A LA CLASSE QUAND IL RATTRAPE LES PASSES
ON POURRAIT PASSER ENSEMBLE À LA TÉLÉ.
J'AIMERAIS BIEN AVOIR UN AUTOGRAPHE D'EYESHIELD.
PAPIER DE COULEUR
CRIIIT
CRIIIT
LE DOSSARD 80 A LA CLASSE QUAND IL RATTRAPE LES PASSES
PUISSANCE
...
VOYONS ...
HOP !
TIENS !
POURQUOI AIMERAIS-TU ENTRER AU CLUB DE FOOT AMÉRICAIN ?
...
Monta

WOOOOOAAAARGH !
DASH
WIIIIN
PAS DE DOUTE, IL A LE PROFIL TYPE D'UN DÉFENSEUR.
HI HI HI !
AH V... VRAIMENT ?
WAIO
EN PARLANT DE DÉFENSE ...
HA ? HAA ? HAAA !?
CES TROIS-LÀ NE SONT PAS REVENUS DEPUIS.
ILS SE SONT TROMPÉS D'ADRESSE, PEUT-ÊTRE ?
ÇA POURRAIT SERVIR À NOTRE PROMOTION.
ET SI ON FAISAIT UN SONDAGE ?
CE SERAIT BIEN DE NOTER AUTRE CHOSE QUE LES POSTES.
ENQUÊTE
FAN D'EYESHIELD
CRIIT
LE DOSSARD 80 A LA CLASSE QUAND IL RATTRAPE LES PASSES
LA PUISSANCE DE LA LIGNE EST INCROYABLE
LES PASSES DU QUARTERBACK SONT TROP SEXY

* LA LIGNE PROTÈGE LES PARTENAIRES DE L'ÉQUIPE ET SUBIT TOUS LES ASSAUTS. C'EST LE POSTE LE PLUS MUSCLÉ.

Kurita centre
Monta wide receiver
Sena Responsable
LA TOUR INFERNALE
CHAPITRE
SECONDE UNE !
DAI... KICHI.
DAIKICHI KOMUSUBI !
GROUMP
HUMPF
VOULANT DEVENIR...
?

LES QUESTIONS-RÉPONSES
... DES ENTRETIENS DE SENA
QUOI LUI DEMANDER...
EUH... VOYONS...
QUEL EST TON PLAT PRÉFÉRÉ ?
HEIN ?!
QUEL EST L'INTÉRÊT DE CE GENRE DE QUESTION, FUCKIN' NABOT ?!
AAH !
DEMANDE-LUI POURQUOI IL A CHOISI LE FOOT AMÉRICAIN ...
... PARMI TOUS LES AUTRES SPORTS.
HUHU !
IL VEUT SANS DOUTE DISSIMULER SA CALVITIE SOUS LE CASQUE !
MAIS...?! NE DIS PAS ÇA, VOYONS !
ALLEZ, SENA, UNE QUESTION, UNE QUESTION !
DÉ... DÉ... DÉSOLÉ.
EUH !
VOYONS ... ALORS ...
TA COULEUR PRÉFÉRÉE ?
CE FUCKIN' NABOT ! JE VAIS ME LE FAIRE !
RAAAH !
IL A L'AIR SYMPA, CE CLUB !

BAOM
SHRAF
QUOI ?
QUI EST-CE ?
CE QUE j'EN SAIS !
Kurita centre
Mont.
EN FAIT, JE NE SAIS QU'UNE CHOSE.
CELUI-LÀ ...
... IL SERA À LA DÉFENSE.

JE NE SUIS PAS VRAIMENT SPORTIF...
MAIS QUAND J'AI VU QU'EYESHIELD, LE HÉROS DE NOTRE-DAME, N'ÉTAIT PAS BIEN GRAND NON PLUS...
...J'AI RESSENTI UNE EXCITATION INÉDITE EN MOI.
EN EFFET, QUELLE QUE SOIT LA DIFFICULTÉ, IL L'AFFRONTE SANS CRAINTE.
J'AI ENVIE DE SUIVRE SON EXEMPLE.
IL NE FAUT PAS EN FAIRE AUTANT AUTOUR D'EYESHIELD 21, HEIN...
C'EST BIEN ÇA, ILS NE S'AIMENT PAS !
CLOP
...
AU NUMÉRO 2 !

QUELLE QUESTION POSER AU JUSTE ?
COURAGE, SENA !
PAR EXEMPLE...
... POURQUOI EST-CE QU'IL A VOULU REJOINDRE LE CLUB ?...
AH...
BIEN... BIEN SÛR.
ÉCOUTONS VOIR.
...
DEPUIS MON ENTRÉE AU COLLÈGE...
...JE N'AI FAIT QU'ÉTUDIER.
ON NE M'A JAMAIS AUTORISÉ À ENTRER DANS UN CLUB.
L'ANNÉE PROCHAINE, C'EST LE BAC.
JE VAIS FINIR MA VIE SCOLAIRE TOUT SEUL SI ÇA CONTINUE...
J'AI ENVIE D'AVOIR QUELQUES SOUVENIRS DE MES ANNÉES AU LYCÉE...
DES SOUVENIRS ?
NOUS ON JOUE POUR GAGNER, FUCKIN' TÊTE D'ŒUF !
IL...
... L'A...
... DIT !
BIEN... BIEN ENTENDU QUE J'AI L'INTENTION DE JOUER POUR GAGNER !
PEUT-ÊTRE QUE JE NE VOUS SERVIRAI À RIEN, MAIS JE FERAI TOUT CE QUI M'EST POSSIBLE !

SHRAK
VEU... VEUILLEZ BIEN M'EXCUSER !
TCHANK
POUF
TAK
TAK
ATTAQUE !
?
EUH... HEUM.
JE M'APPELLE MANABU YUKIMITSU, JE SUIS EN PREMIÈRE QUATRE.
EN PREMIÈRE ?
VOUS NE VOULEZ PAS DE PREMIÈRE ?
ÇA NE VAUT RIEN UN PREMIÈRE, TU VAS PAS RESTER LONGTEMPS ...
AUCUN PROBLÈME !

ET COMMENT JE FAIS LA DIFFÉRENCE PENDANT L'ENTRETIEN ?
À LA FAÇON DONT ILS SE PRÉSENTENT. FACILE...
VEUILLEZ BIEN M'EXCUSER.
STAP
ATTAQUE
...
PLOF
DÉFENSE
EN SUIVANT CE PRINCIPE, JE SUIS EN EFFET PLUS ADAPTÉ À L'ATTAQUE...
MOI À LA DÉFENSE.
MOI À L'ATTAQUE.
C'EST JUSTE UN MOYEN DE SIMPLIFIER LES CHOSES.
Kurita Centre
AH, VOILÀ LE PREMIER.
TOK TOK
BLOM

LA GRANDE MORALISATRICE, PRISE LA MAIN DANS LE SAC !
OH ÇA VA, HEIN !
J'APPELLE LE PREMIER.
MÈNE BIEN LES ENTRETIENS SURTOUT, SENA.
QUOI ?!
TU VAS ENFIN POUVOIR AGIR EN VRAI RESPONSABLE !
CONCERNANT LES POSTES, ÉCOUTE BIEN CE QU'ILS VEULENT FAIRE.
MAIS LA DÉCISION FINALE T'APPARTIENT. C'EST TON JOB !
LE PREMIER GROS TRI À FAIRE...
... EST ENTRE LA DÉFENSE ET L'ATTAQUE.
PERSONNE AYANT DES DISPOSITIONS À L'ATTAQUE
LE GENRE TUEUR À GAGES PROFESSIONNEL
J'ADORE QUAND UN PLAN SE DÉROULE SANS ACCROCS.
PERSONNE AYANT DES DISPOSITIONS À LA DÉFENSE
LE GENRE BÊTE SAUVAGE SANGUINAIRE
J'ATTRAPE MA PROIE PAR INSTINCT DE SURVIE.

VOUS ALLEZ ÊTRE REÇUS SELON VOTRE POSITION !
ENTREZ À L'APPEL DE VOTRE NUMÉRO !
JE SUIS UN GRAND FAN D'EYESHIELD.
MAMORI, TU AS DE LA CRÈME AU COIN DE LA BOUCHE ...
HEIN ?!
HOHO ! NOTRE GRANDE MORALISA-TRICE PRISE LA MAIN DANS LE SAC !
J'AURAIS DÛ EN PRENDRE DEUX CENTS !
SNIRF

WAAH... C'EST SUPER BON !
GLOUP
QUE JE VOUS PRENNE PAS À LES MANGER !
BLA BLA
ON NE TENAIT PAS À L'INTÉRIEUR, ON LES FAIT ATTENDRE DEHORS.
...

À PARTIR DE 15H30
SAMEDI, APRÈS LES COURS
IL Y AURA DES
TISSERIE
POUR TOUS
HA!
GLOUP
GLOUP
TCHAK
TCHAK
TCHAK
HMM ?
HÉ ! TRAVAILLE UN PEU, TOI AUSSI !
...
KLAN

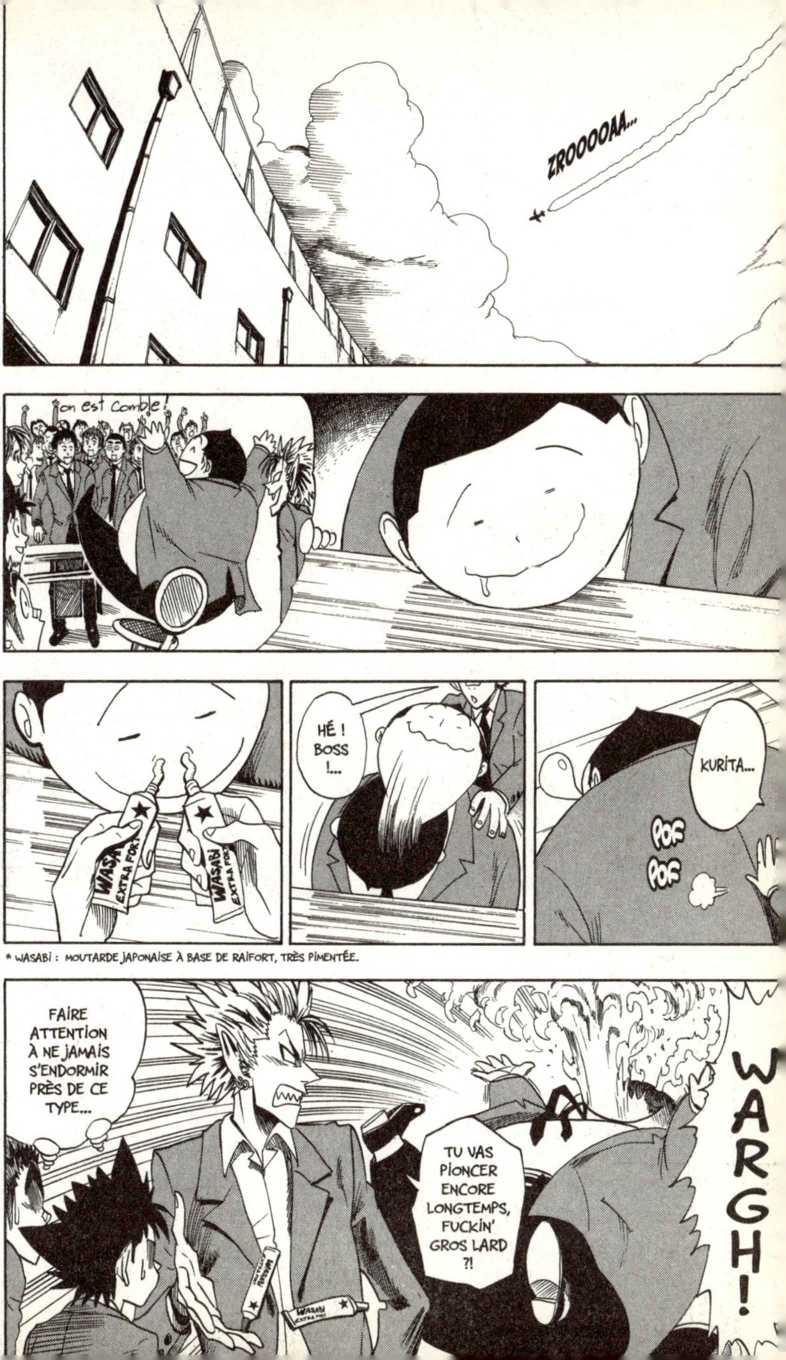
ZROOOOAA...
on est Comble !
HÉ ! BOSS !...
KURITA...
POF POF
WASABI EXTRA FORT
* WASABI : MOUTARDE JAPONAISE À BASE DE RAIFORT, TRÈS PIMENTÉE.
WARGH!
FAIRE ATTENTION À NE JAMAIS S'ENDORMIR PRÈS DE CE TYPE...
TU VAS PIONCER ENCORE LONGTEMPS, FUCKIN' GROS LARD ?!

FLOPF
RÉUNION POUR L'ADMISSION AU CLUB DE FOOT AMÉRICAIN
CHANGE
Kurita centre
Monta wide receiver
Sena responsable
FRRT
ZZZZ
POURVU QU'ILS VIENNENT NOMBREUX.
TCHAK
C'EST CLAIR !
Monta
Sena
ENCORE UN QUART D'HEURE...
3:15
HMM... TOUJOURS PERSONNE À L'HORIZON.

HMPF ?...
IL EST DÉJÀ SI TARD ?
PLUS PERSONNE VIENDRA À UNE HEURE PAREILLE.
RESTE, ATTENDONS ENCORE UN PEU !
FROUT
TCHOUP
GLOUB
GLOUB
CHAI BON...

RÉCEPTION POUR L'ADMISSION AU CLUB DE FOOT AMÉRICAIN
FLOP
POUBELLE
TIK
TIK
TIK
TIK
TIK
TIK
ENVENUE

TINK
Hiruma, quarter back
♪
BIENVENUE
CLAK
CLAK
Hiruma quarter back
Kurita, centre
FROT
FROT
À LA PROCHAINE.
VIDEO
TU VAS T'ASSEOIR, FUCKIN' GROS LARD !
POF
FROT
FROT

PÂTISSERIE KARIYA
JE VOUDRAIS CINQUANTE CHOUX À LA CRÈME !
AH, MAIS J'Y PENSE...
... PEUT-ÊTRE QUE ÇA N'EN FERA PAS ASSEZ...
ET PUIS MIEUX VAUT TROP QUE PAS ASSEZ !
ALLEZ, DONNEZ-M'EN CENT !
TADAM
ズジャ〜ン！

İL EN FAUT 100 !
Hiiiii !
ON N'ÉTAIT PAS TROP DE TROIS !
HEUREUSEMENT QUE VOUS ÊTES LÀ ! L'ANNÉE DERNIÈRE J'ÉTAIS TOUT SEUL, C'ÉTAIT TERRIBLE.
KARIYA
L'ANNÉE DERNIÈRE ?
LORSQUE HIRUMA ET MOI ÉTIONS SEULS.
RÉUNION D'URGENCE POUR LES ADMISSIONS AU CLUB
À PARTIR DE 16H30, SAMEDI, APRÈS LES COURS
IL Y AURA DES PÂTISSERIES POUR TOUS !
ON AVAIT ORGANISÉ UNE RÉUNION IDENTIQUE EN DISTRIBUANT DES TRACTS.

RÉUNION D'URGENCE POUR LES ADMISSIONS AU CLUB
À PARTIR DE 15H30, SAMEDI, APRÈS LES COURS
IL Y AURA DES PÂTISSERIES POUR TOUS !
PÂTISSERIE KARIYA
CES PÂTISSERIES SONT DES CHOUX À LA CRÈME DE CHEZ KARIYA ?
QUEL RAFFINEMENT...
COMBIEN DEVRIONS-NOUS EN PRENDRE ?
IL N'A PAS TROUVÉ LE SOMMEIL TELLEMENT IL ÉTAIT EXCITÉ.
C'EST POUR DEMAIN. ENFIN ! ENFIN DES COPAINS !
ON EN PREND UNE DIZAINE ? ÇA IRA ?
C'EST PAS UN PEU TROP ?
HUM ?

LA FÊTE AUX CHOUX À LA CRÈME
CHAPITRE

ÇA A L'AIR TROP SYMPA, LE FOOT AMÉRICAIN.
MAIS JE N'AI PAS ENCORE BIEN SAISI LES RÈGLES.
LE TRUC AVEC LE MACHIN, TU VEUX DIRE ?
MAIS ÇA A L'AIR RISQUÉ COMME SPORT.
IL A PAS L'AIR BIEN ROBUSTE.
CHAPITRE
LA FÊTE AUX CHOUX À LA CRÈME
HUMPF
AÏE !
OUILLE !
HUMPF
POK
POK
POK

VICTOIRE TOTALE DES DEIMON DEVIL BATS !

DEIMON

泥門高校新聞

JOURNAL DU LYCÉE DEIMON

NUMÉRO SPÉCIAL

ILS ONT SU GARDER À DISTANCE LEUR PLUS REDOUTABLE ENNEMI, LOUIS HABASHIRA !

Ce fut un combat décisif entre les rivaux de toujours, notre club de foot américain et le Bahut des rebelles !

La victoire fut totale grâce aux actions héroïques d'Eyeshield 21, le héros de l'université Notre-Dame.

46 – 28

PRENEZ MODÈLE SUR MOI, DEVENEZ FORTS !

«Ces fuckin' linebackers n'étaient même pas dignes de moi ! Rejoignez le club de foot américain, et en trois secondes chrono vous obtiendrez des jambes puissantes comme les miennes !». Toujours aussi en verve, il semble se métamorphoser en un guerrier silencieux une fois sur le terrain. Voilà qui nous permet peut-être d'appréhender un peu mieux ce suprême champ de bataille que constitue le terrain de football. Avis aux amateurs de tous poils ! On vous attend sur le terrain !

EYESHIELD 21

QUOI ?!
SHLINK
SHLINK
ジャギン！
COM...
... COMMENT VEUX-TU QU'ON TE PAYE CINQ MILLIONS DE YENS, PAUVRE DÉBILE ?!
VOUS ME VENDEZ CETTE BÉCANE ?
ELLE A L'AIR D'AVOIR ÉTÉ MODIFIÉE. SI JE LA DÉMONTE, JE DEVRAI EN TIRER UN BON PRIX !
ZAP ZAP
NON, PAS LA MOTO ! ÉPARGNEZ-LA, NOUS VOUS EN SUPPLIONS !
ALORS VOUS SEREZ À MA BOTTE, DORÉNAVANT !
ET LE NOMBRE DES VICTIMES S'ALOURDIT ENCORE...

FIN DE LA RENCONTRE !
DEIMON DEVIL BATS
CAMÉLÉONS DU BAHUT DES REBELLES
46 — 28
STAP
HEP, VOUS !
MES 5 MILLIONS DE YENS !

LE MAÎTRE DE LA PEUR GAGNE TOUJOURS AU FOOT AMÉRICAIN !
!!
TWIIT !
TOUCH-DOWN !

RAAAAAA AAAAAAAH!

GYOOOUN
IL EST PASSÉ !
C'EST À NOUVEAU LE CHOC DES TITANS !
HEP ! FUCKIN' GROS LARD.
TU SAIS POURQUOI J'AI DIT «GAME OVER» TOUT À L'HEURE ?
...
OUH...

PASSE ÉCRAN !
SPAK
ZUT... NOUS SOMMES DEUX SUR UN !
LA PASSE ÉCRAN
ON LES ATTIRE À SOI EXPRÈS...
... ET ON PASSE !
POTCH

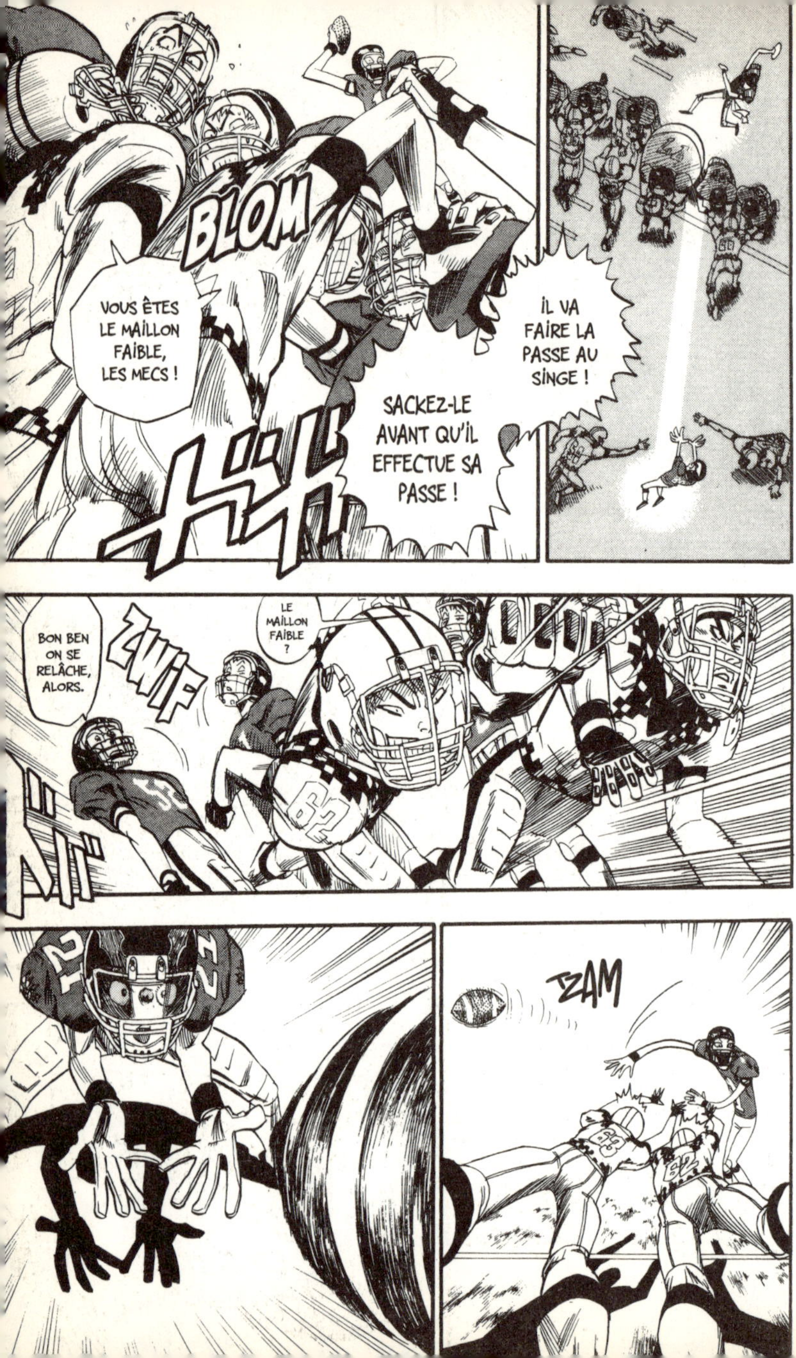
ÍL VA FAIRE LA PASSE AU SÍNGE !
SACKEZ-LE AVANT QU'ÍL EFFECTUE SA PASSE !
BLOM
VOUS ÊTES LE MAÍLLON FAÍBLE, LES MECS !
LE MAÍLLON FAÍBLE ?
ZWIF
BON BEN ON SE RELÂCHE, ALORS.
TZAM

HUT !
EYESHIELD ?
POTCH
REGARDONS BIEN...
SLAP
IL NE L'A PAS TRANSMISE !
CRÉTIN, TU NOUS AURAS PLUS !

BROOM
WAORGH !
TWITT!
PERTE DE 6 YARDS (5 MÈTRES) !
CES TROIS REMPLAÇANTS-LÀ SONT DES NAZES !
DÉTRUISONS LA LIGNE LÀ OÙ ILS SE SITUENT.
IL FAUT L'ÉCRASER AVANT QU'IL PUISSE PASSER LE BALLON.
FUCKIN' FRÈRES DE MES DEUX !
ILS SONT ENCORE NOVICES, ALLONS...
SI VOUS POUVEZ PAS TENIR LE FRONT, ÉCROULEZ-VOUS DE SUITE, TANT QU'À FAIRE !
HA ?
HAA ?
HAAAA?!

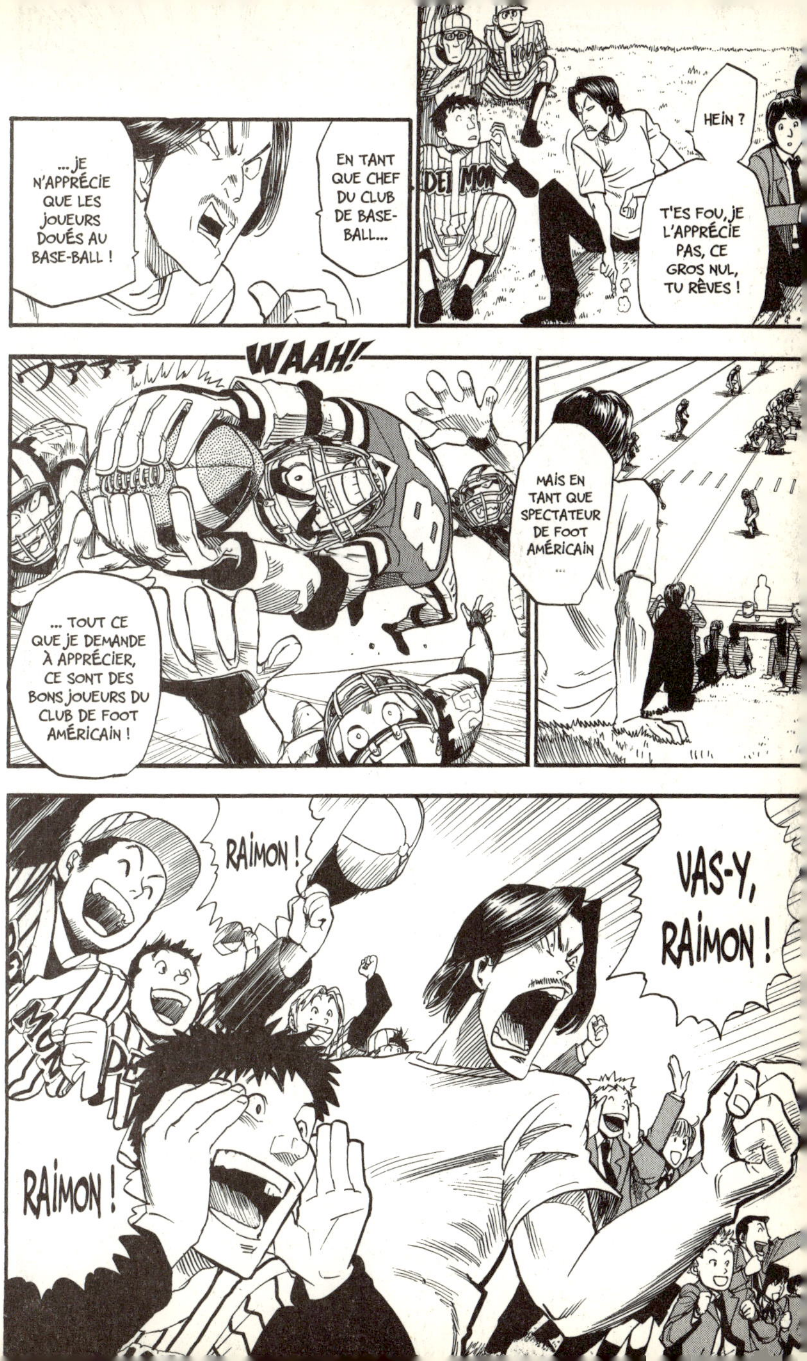
HEIN ?
T'ES FOU, JE L'APPRÉCIE PAS, CE GROS NUL, TU RÊVES !
EN TANT QUE CHEF DU CLUB DE BASE-BALL...
...JE N'APPRÉCIE QUE LES JOUEURS DOUÉS AU BASE-BALL !
MAIS EN TANT QUE SPECTATEUR DE FOOT AMÉRICAIN ...
WAAH!
... TOUT CE QUE JE DEMANDE À APPRÉCIER, CE SONT DES BONS JOUEURS DU CLUB DE FOOT AMÉRICAIN !
VAS-Y, RAIMON !
RAIMON !
RAIMON !

SPAF
WHOOA ! ENCORE CE SINGE !
VAS-Y, MON-MON ! ON T'AIME !
BIEN, TRÈS BIEN, RAIMON !
CLAP CLAP
...
T'AS UN PROBLÈME ?
HEIN ?
NON, RIEN...
VOUS APPRÉCIEZ RAIMON, MAINTENANT, CHEF ?
DISONS QUE JE SUIS UN PEU SURPRIS...

GAIN DE 16 YARDS (15 MÈTRES) !
GATCH
GAIN DE 9 YARDS (8 MÈTRES) !
AH, LES CRÉTINS !
CONCENTREZ-VOUS SUR EYESHIELD !
MAIS SI ON FAIT ÇA, UN AUTRE PASSERA ...
Deimon Devil Bats
du Bahut des Rebelles
34
3
21
C'EST GÉNIAL !
ON N'A JAMAIS AUTANT MENÉ AU SCORE !
EN AJOUTANT DES PASSES AU JEU, QUI AURAIT CRU QUE TOUT CHANGERAIT À CE POINT ?

Riddell
HÉ HÉ HÉ !
GAME OVER, MAN !
HEIN ?
WAAH
WAAH
UNE, DEUX...
UNE, DEUX...
BLA
BLA
BLA
OH, LE MATCH DE FOOT AMÉRICAIN EST PAS FINI.
LE TERRAIN ÉTAIT POUR NOUS AUJOURD'HUI !
DEI MON
WAAH
WAAH
RAIMON ?

WAAH !
WHOOA !
J'AI JAMAIS VU ÇA ! IL EST TROP FORT !
ÇA N'A RIEN À VOIR AVEC CE QU'ON VOIT À LA TÉLÉ !
C'EST LA PREMIÈRE FOIS QUE JE VOIS EYESHIELD VRAIMENT COURIR !
C'EST ALLÉ TROP VITE, J'AI RIEN COMPRIS. !
TAP
TAP
TAP
SACRÉE UNIVERSITÉ DE NOTRE-DAME ! ILS NOUS RÉSERVENT BIEN DES SURPRISES !
MAIS C'EST QUI, AU FAIT ? IL EST EN DEUXIÈME ANNÉE, TU CROIS ?
IL EST PAS HUMAIN, CE TYPE !

TOUCH-DOWN !
TWIIIT!
26 3 1

CRiiiiF

Riddell
21

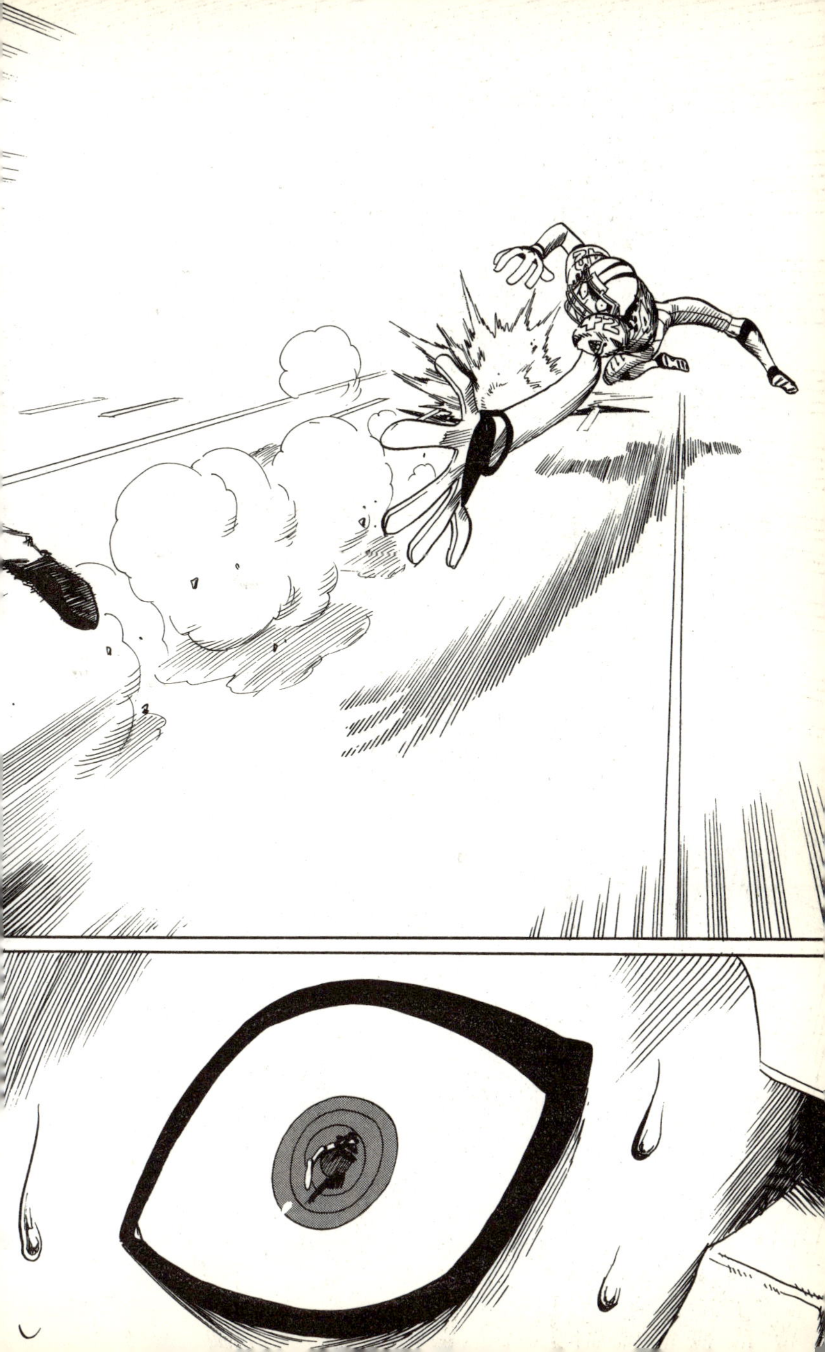

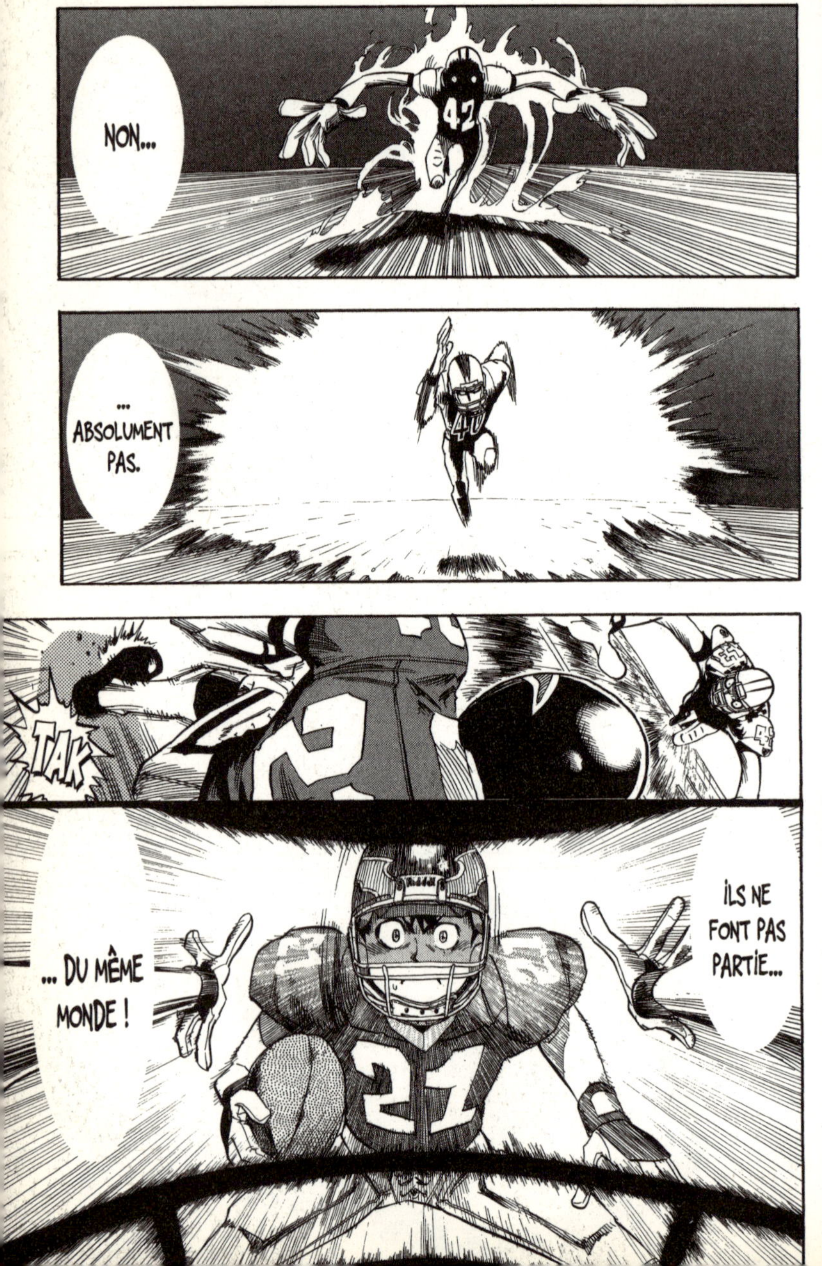

NON...
... ABSOLUMENT PAS.
TAK
ILS NE FONT PAS PARTIE...
... DU MÊME MONDE !

LE MAÎTRE DE LA PEUR GAGNE TOUJOURS AU FOOT AMÉRICAIN !
...
OUI, SI J'AI PEUR, C'EST PERDU.
EN COMPARAISON AU MATCH CONTRE ÔJÔ, TOUT ÇA N'EST RIEN.
JE VOUS ATTENDRAI EN FINALE.
SHIN ?
UNE SOUS-MERDE ! IL VAUT RIEN !

GLOUP
Hiiiii !
IL VEUT À TOUT PRIX ME FAIRE DU MAL !
CE N'EST PAS LE SPORT QUE JE LIS DANS SES YEUX !
KRIIF
?

JE VAIS TE RENTRER DEDANS !
MOI, LOUIS HABASHIRA, SUIS LE PLUS FORT À CE JEU-LÀ !

HABASHIRA
CHAPITRE
LE MAÎTRE DE LA PEUR

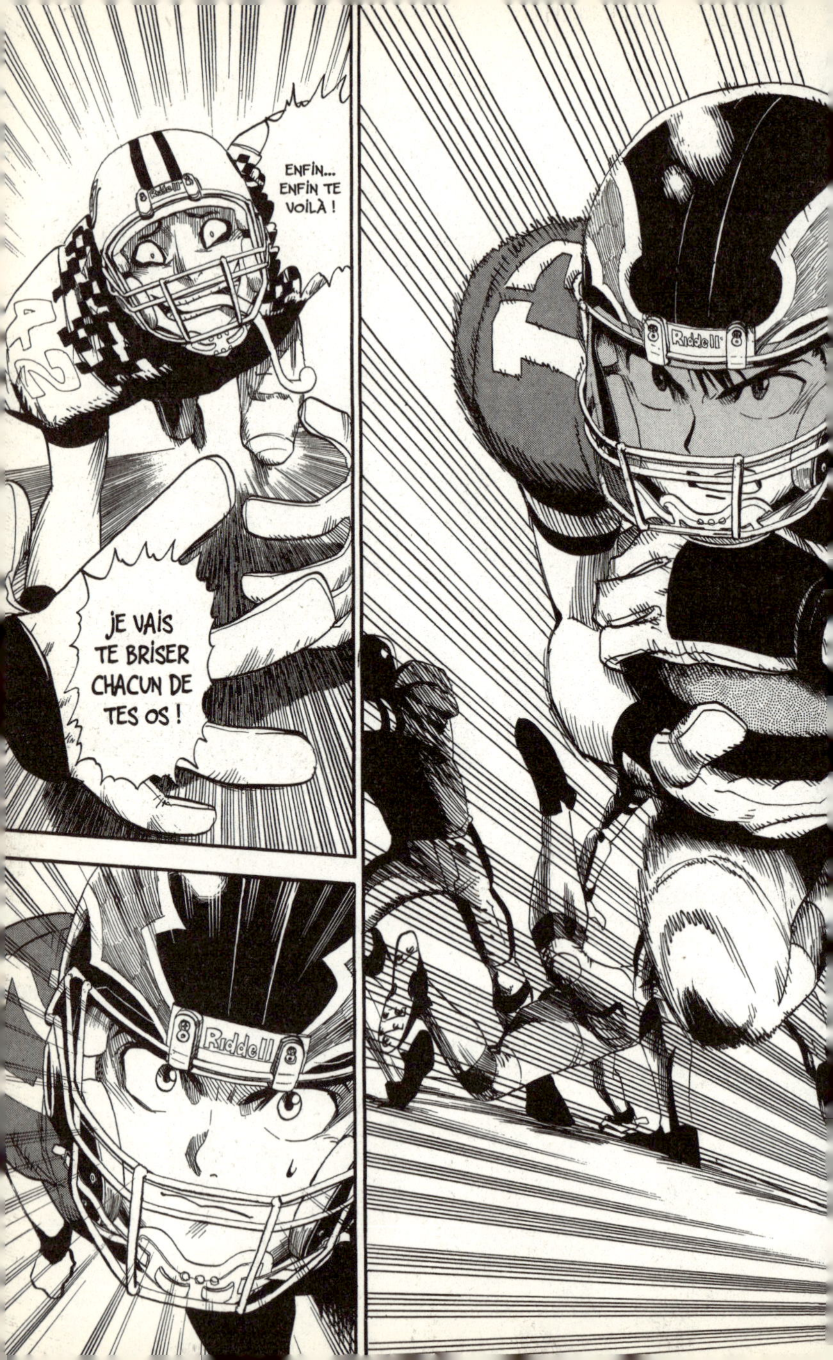
ENFIN... ENFIN TE VOILÀ !
JE VAIS TE BRISER CHACUN DE TES OS !

HA ?
PAK
HAA ?!
POUM
HAAAAAA ?!
ZWIIIM

BADAM
GWARG !
C'EST Si iNTiME QUE ÇA ?!
TZAM
GWiF
SHAK
LES DÉLiNQUANTS DU BAHUT DES REBELLES CONTRE LES DÉLiNQUANTS DE DEiMON !
BAD ZOKUGAKU
V.S.
BAD DEIMON

HA ?
HAA ?!
HAAAAA ?!!
C'EST À VOTRE TOUR D'ENTRER EN PISTE, LES FRÈRES HAHA.
NOUS NE SOMMES PAS DES FRÈRES !
AH, J'AI PAS ENVIE.
MIEUX VAUT ÇA QUE DE VOIR CETTE PHOTO PLACARDÉE PARTOUT !
TIENS, DES PETITS NOUVEAUX.
ON VA SE LES BOUFFER !
HUT !
SNAP

QUE FAIRE ?
COMMENT ÇA, QU'EST-CE QU'ON FAIT ? ON PREND TROIS REMPLAÇANTS, C'EST TOUT !
ET VOUS LES AVEZ, CES TROIS REMPLAÇANTS ?
ÇA DOIT ÊTRE DUR D'ÊTRE DANS UNE ÉQUIPE QUI MANQUE D'EFFECTIFS, HEIN ?
LE RECOURS À LA VIOLENCE EST AUSSI UNE STRATÉGIE.
...
21

TIENS.
JE N'AI RIEN.
C'EST LE RÉSULTAT DE L'ENTRAÎNEMENT DE LA NUQUE !
GRIK GRIK
BIEN ... BIEN SÛR.
MAIS CE N'EST PEUT-ÊTRE PAS QUE ÇA.
C'EST AUSSI UNE QUESTION DE PUISSANCE.
J'AI DÉJÀ AFFRONTÉ ...
... DES MECS BIEN PLUS FORTS QUE ÇA !

KROF
BAKAM
REGARDEZ-MOI ÇA...
HOULÀ...
TWIIIT!

BRAAM
!
TCHAK
URGH !
?
BOiNK
BOiNK
Hiiiii !
MAIS JE N'AI PAS LA BALLE, REGARDEZ BIEN !
DROOMF

AH ! LES MINABLES !
VENEZ-VOUS BATTRE ! TÊTES DE MORT !
HIII !
HÉ HÉ HÉ HÉ !
SBUT
GRAMP
20
14
N'AYEZ PLUS AUCUNE PITIÉ !
RÉDUISEZ-LES EN MIETTES !
CRIIC
CROUIIC

HUT !
CETTE FOIS-CI, ÇA Y EST !
TE VOILÀ, EYESHIELD !
KROOF
HUT !

TWIIIT!
GAIN DE 10 YARDS (9MÈTRES) !
BIEN JOUÉ !
HI HI ! JE LES AI BIEN DUPÉS !
... DUR DE ME VOIR DANS L'OMBRE D'HIRUMA...
MERDE, ON L'AVAIT PAS VU...
CE NUMÉRO 30 EST QUELCONQUE.
C'EST À PEINE SI ON REMARQUE SA PRÉSENCE.
REGARDEZ-LE !
IL NOUS IGNORE COMPLÈTEMENT.
...
MAIS CET HIRUMA...
... IL SAIT BIEN FAIRE DES FAUSSES TRANSMISSIONS DE BALLES.
ET CE GROS LARD EST TRÈS FORT.
SI ON NE PROTÈGE PAS LE CENTRE ...
Riddell
...

C'EST ISHIMARU QUI A PERCÉ !
IL S'EST INFILTRÉ ET A PASSÉ LA DÉFENSE ADVERSE EN PLEIN CENTRE !
DASH
HA HA ! EN AVANT, MON INFANTERIE !
SALE MERDE !
TZIM

GWOOO!
?!
SWIF
PSST !
TAK !
SPAK

HUT !
SBASH
SBASH
KRIIIF
WHOA !
LE SINGE EST PRIS DE TOUTES PARTS !
PROFITEZ-EN POUR ÉCRASER EYESHIELD !
BRROM

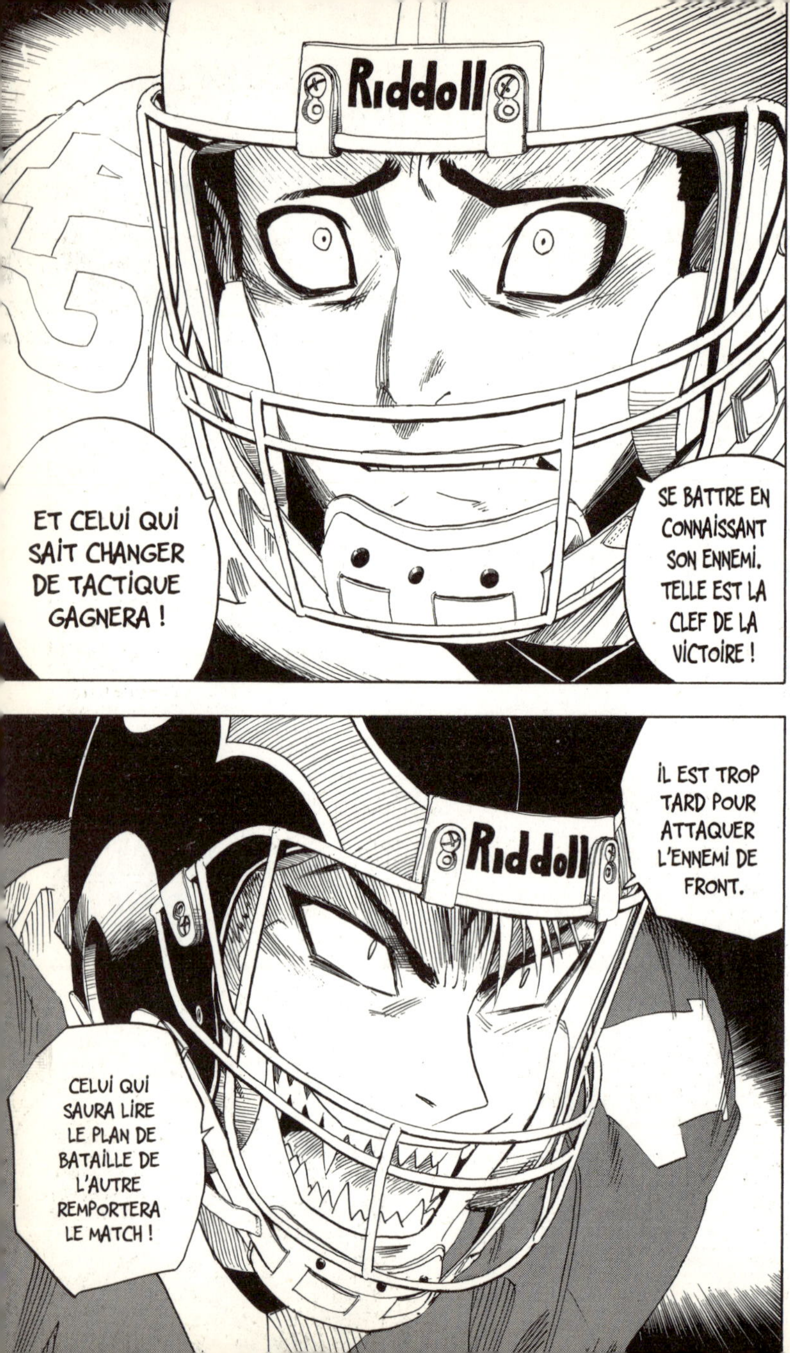
Riddoll
SE BATTRE EN CONNAISSANT SON ENNEMI. TELLE EST LA CLEF DE LA VICTOIRE !
ET CELUI QUI SAIT CHANGER DE TACTIQUE GAGNERA !
IL EST TROP TARD POUR ATTAQUER L'ENNEMI DE FRONT.
Riddoll
CELUI QUI SAURA LIRE LE PLAN DE BATAILLE DE L'AUTRE REMPORTERA LE MATCH !

POUAH !
ON VA PEUT-ÊTRE GAGNER CE MATCH AU PIED.
SLAP
SI SEULEMENT MUSASHI ÉTAIT LÀ...
ON N'A QU'À LEUR INFLIGER PLEINS DE TOUCH-DOWNS !
OK, C'EST BON POUR LA DÉFENSE. ENSUITE ?
NOUS ALLONS CHANGER DE FORMATION.
SEUL CE SINGE DE NUMÉRO 80 SAIT RECEVOIR LES PASSES...
ON VA POSTER TROIS HOMMES EN COUVERTURE, POUR ASSURER NOTRE PROTECTION.
CRUSH
TOUS LES AUTRES SE CONCENTRENT SUR EYESHIELD. ON VA EN FAIRE DE LA PÂTÉE POUR CHIEN !
WAAH!
WAAH!
WAAH!
AINSI, NOUS N'AURONS PLUS RIEN À CRAINDRE !

PUMF
STAP
HOULÀ...
TOUCH-DOWN !
SPAK
POM
TWIIT!
OH ! ILS ONT MARQUÉ LEUR POINT, EUX !
Deimon Devil Bats
Caméléons du Bahut des Rebelles
6
1
7
AAH ! LA SITUATION EST INVERSÉE !
GASP
TUEZ-LES !
BOUSILLEZ-LES !
CAMÉLÉONS DU BAHUT DES REBELLES
KICKER ASHIZUKA
TAUX DE RÉUSSITE DU TRY FOR POINT AU TIR AU PIED (LE POINT DE BONUS APRÈS LE TOUCHDOWN) 78%

KICK !
SPLAM
SPUM
C'EST BIZARRE, J'AI L'IMPRESSION QUE CETTE PERSONNE N'A VRAIMENT PAS DE CHANCE ...
PFF !
DEIMON DEVIL BATS
YÔICHI HIRUMA
TAUX DE RÉUSSITE DU TRY FOR POINT AU TIR AU PIED (LE POINT DE BONUS APRÈS LE TOUCHDOWN) 35%
SET !
HUT !

Deimon Devil Bats
Caméléons du Bahut des Rebelles
6
1
0
BAD VERSUS BAD
CHAPITRE
?!
IL Y A DES FOIS OÙ IL FAUT SE TAIRE ET SAVOIR APPRÉCIER CES COUPS DE PIED.
JE M'EN SUIS RENDU COMPTE À FORCE...
EURGH !
POM

de Mamori Anezaki, manager

Le Journal des Devil Bats

Enfin, aujourd'hui a eu lieu le grand match contre le Bahut des Rebelles !

Le match à peine commencé, Monta marque un magnifique touchdown !

AH, C'EST COMME ÇA QUE TU ME VOIS, MAMORI...

CHOC PUISSANCE MAX...

EUH, NON, C'EST-À-DIRE QUE...

TCHIP
ゴゴゴゴゴ
BRROM
WOOOH
BRAVO, MONTA !
VAS-Y, MON-MON !
WAH, MONKEY LE SINGE !
HÉLÀ !! MON NOM, C'EST RAIMON !

JE DEVIENDRAI...
... UN HÉROS DU FOOT AMÉRICAIN !
Riddell
TOUCH-
DOWN !

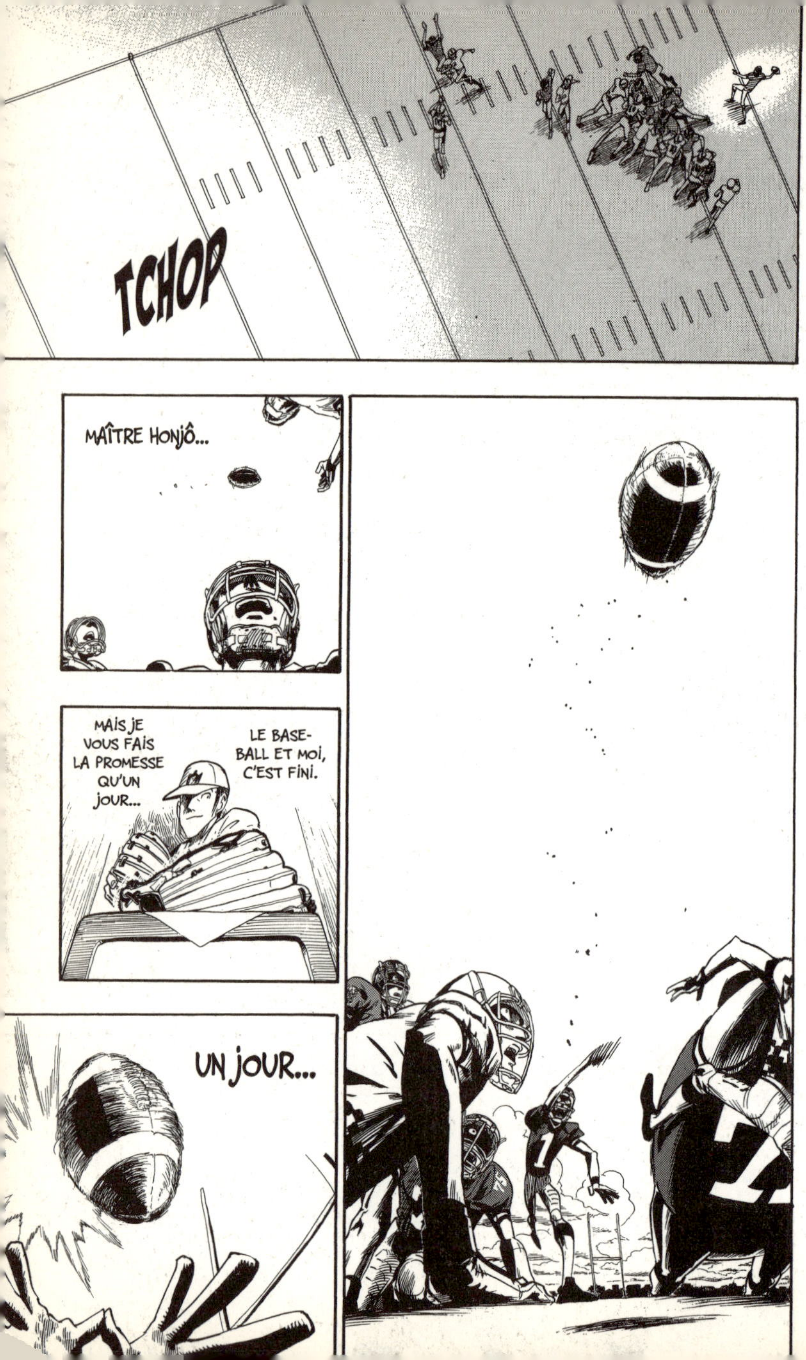
TCHOP
MAÎTRE HONJÔ...
LE BASE-BALL ET MOI, C'EST FINI.
MAIS JE VOUS FAIS LA PROMESSE QU'UN JOUR...
UN JOUR...

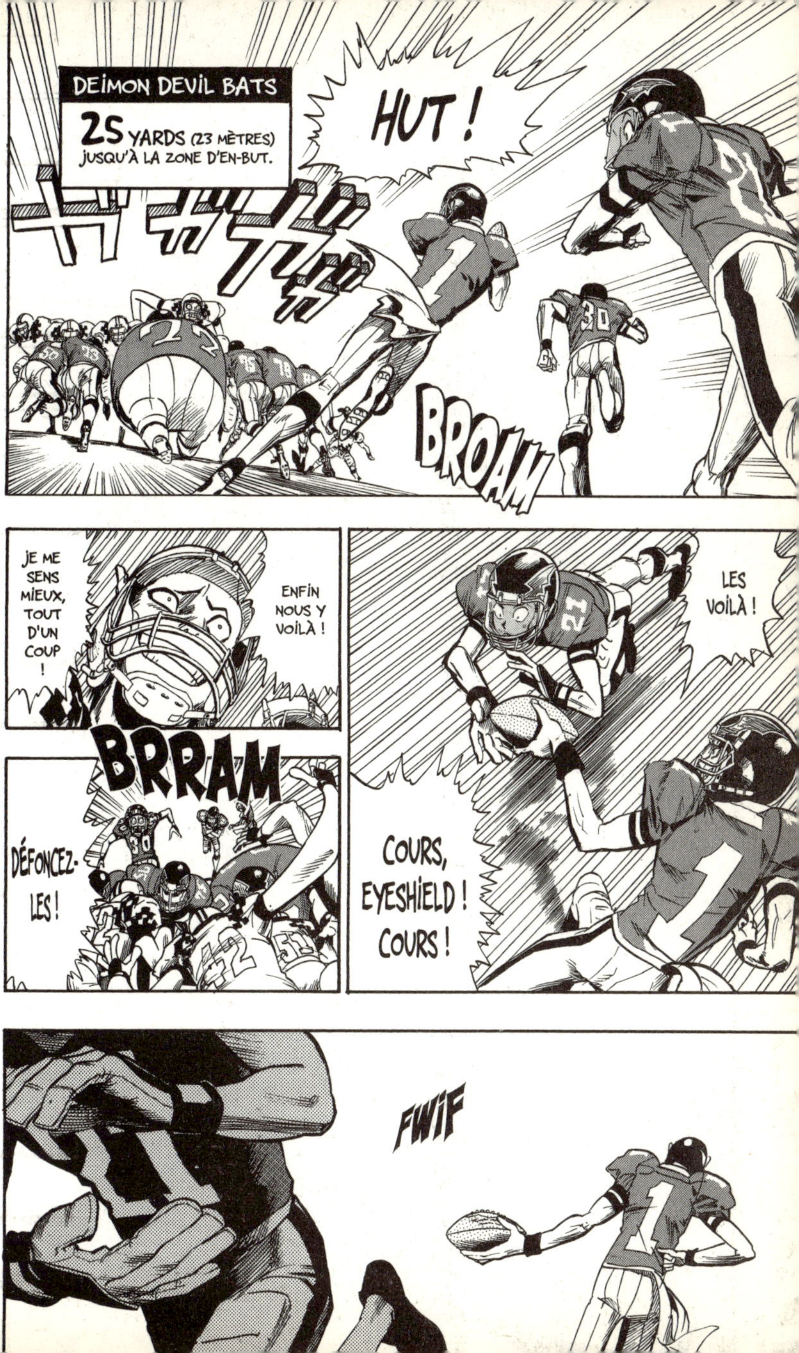
DEIMON DEVIL BATS
25 YARDS (23 MÈTRES) JUSQU'À LA ZONE D'EN-BUT.
HUT !
BROAM
ENFIN NOUS Y VOILÀ !
JE ME SENS MIEUX, TOUT D'UN COUP !
LES VOILÀ !
BRRAM
COURS, EYESHIELD ! COURS !
DÉFONCEZ-LES !
FWIF

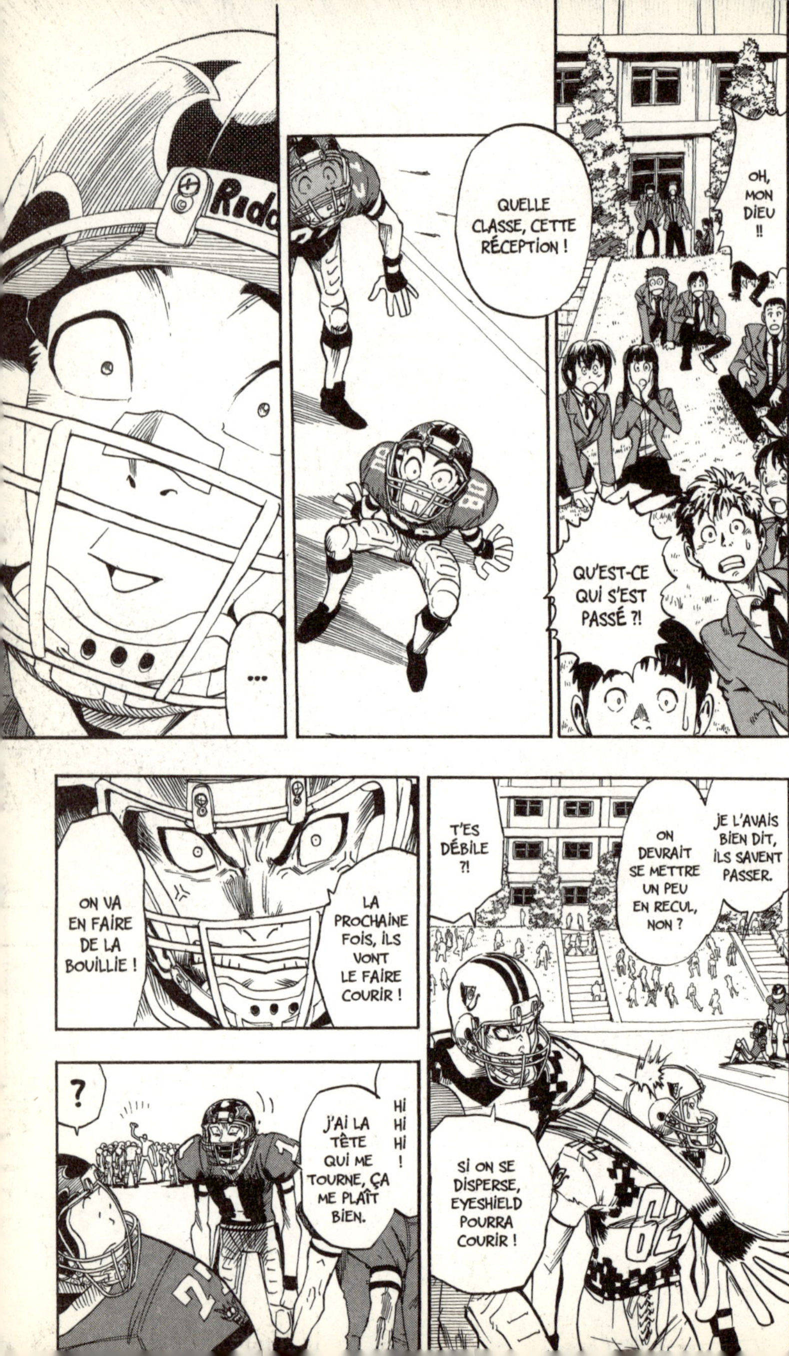
OH, MON DIEU !!
QU'EST-CE QUI S'EST PASSÉ ?!
QUELLE CLASSE, CETTE RÉCEPTION !
...
JE L'AVAIS BIEN DIT, ILS SAVENT PASSER.
ON DEVRAIT SE METTRE UN PEU EN RECUL, NON ?
T'ES DÉBILE ?!
SI ON SE DISPERSE, EYESHIELD POURRA COURIR !
LA PROCHAINE FOIS, ILS VONT LE FAIRE COURIR !
ON VA EN FAIRE DE LA BOUILLIE !
HI HI HI !
J'AI LA TÊTE QUI ME TOURNE, ÇA ME PLAÎT BIEN.
?

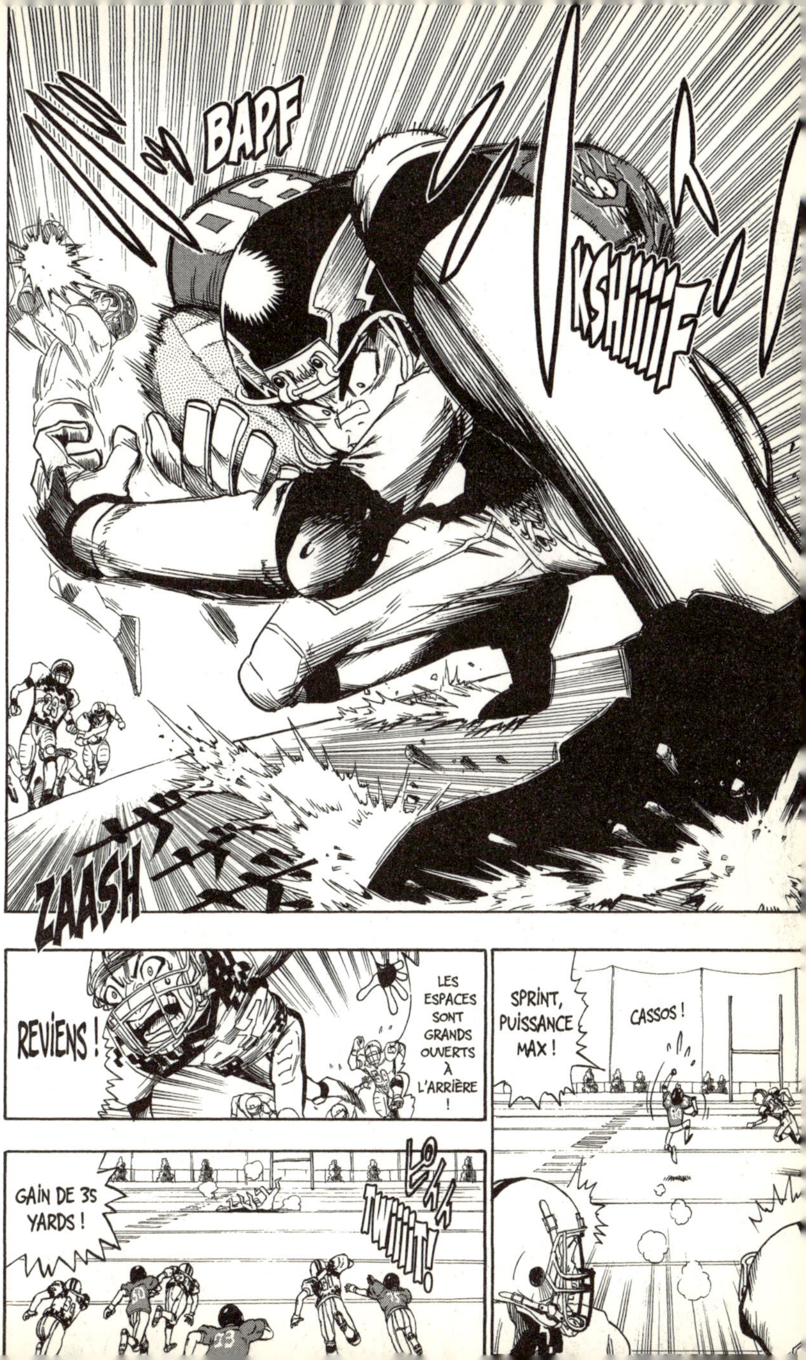
BAPF
KSHIIIIF
ZAASH
LES ESPACES SONT GRANDS OUVERTS À L'ARRIÈRE !
REVIENS !
SPRINT, PUISSANCE MAX !
CASSOS !
TWIIIIT !
GAIN DE 35 YARDS !

WHOOA !
QUE SES BRAS SONT LONGS ! JE RÊVE ?!
LA BALLE EST TROP RAPIDE !
MÊME SES COÉQUIPIERS NE POURRONT JAMAIS LA SAISIR, QUEL IMBÉCILE !
WHOOOOOO
Hiiii ?!
ZUT !

BWOOF
UNE PASSE ?!
C'EST INCONCEVABLE !
TZAK

WAAH!
WAAH!
SET !
DEIMON DEVIL BATS
60 YARDS (55 MÈTRES) JUSQU'À LA ZONE D'EN-BUT.
Hi Hi Hi !
ILS SONT TOUS BIEN RASSEMBLÉS EN RANG DEVANT NOUS.
ILS VEULENT BLOQUER UNE COURSE, C'EST ÉVIDENT.
ILS N'ONT PAS RÉUSSI UNE SEULE PASSE CONTRE ÔJÔ !
POURQUOI ON DEVRAIT AVOIR PEUR D'UNE ÉQUIPE QUI EST INCAPABLE D'EN FAIRE UNE ?!
HMM... EYESHIELD 21...
... TU PARAIS BIEN PLUS PETIT EN VRAI.
NOUS L'AVONS PEUT-ÊTRE SURESTIMÉ.
PEU IMPORTE.
ON VA TE FAIRE RAVALER TES COURSES, PETIT.

HUF
HUF
HUF
VOiLÀ NOTRE BROCHURE, SERVEZ-VOUS...
AVEC TOUT ÇA, JE VAiS JAMAiS POUVOiR FiLMER LE MATCH.
j'ESPÈRE QUE SENA Y ARRiVERA BiEN DE LÀ-HAUT.
POUiC
LAiT
GROMF
GROMF
AH !
jE ME SOUViENS !
...
HEiN ?
RiEN À VOiR.
S'iL ÉTAiT AUSSi BON À LA RÉCEPTiON, iLS L'AURAiENT UTiLiSÉ DANS LEUR MATCH CONTRE ÔjÔ !

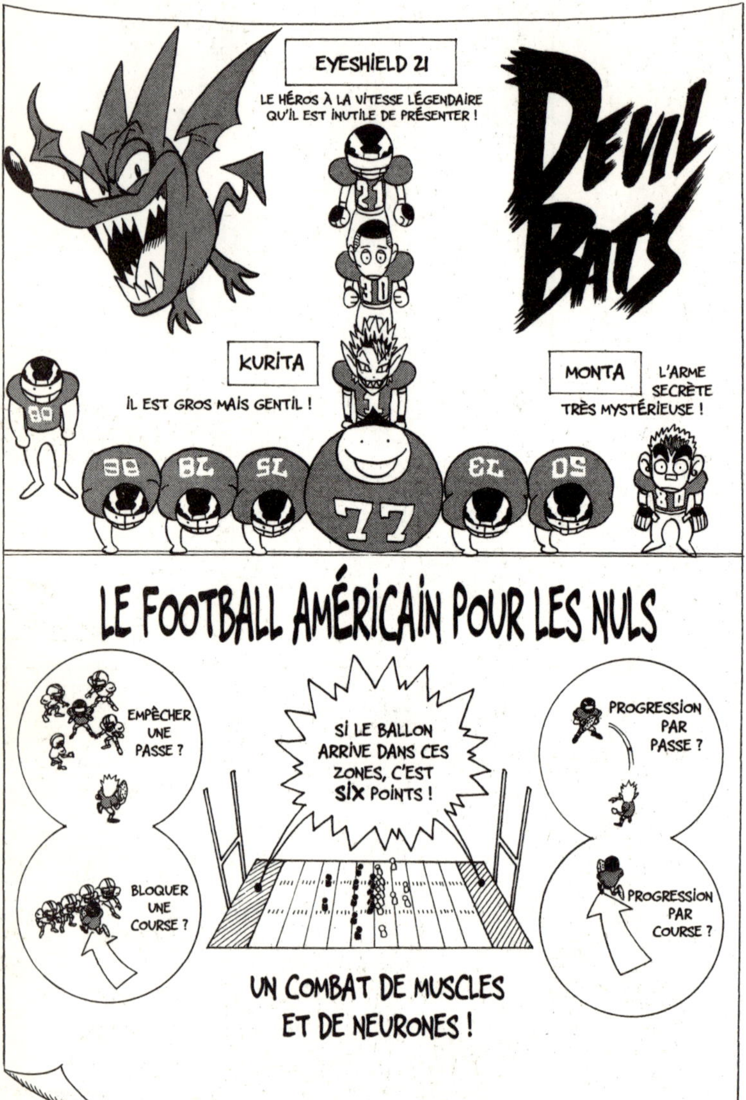
EYESHIELD 21
LE HÉROS À LA VITESSE LÉGENDAIRE QU'IL EST INUTILE DE PRÉSENTER !
DEVIL BATS
KURITA
IL EST GROS MAIS GENTIL !
MONTA
L'ARME SECRÈTE TRÈS MYSTÉRIEUSE !
LE FOOTBALL AMÉRICAIN POUR LES NULS
EMPÊCHER UNE PASSE ?
BLOQUER UNE COURSE ?
SI LE BALLON ARRIVE DANS CES ZONES, C'EST SIX POINTS !
PROGRESSION PAR PASSE ?
PROGRESSION PAR COURSE ?
UN COMBAT DE MUSCLES ET DE NEURONES !

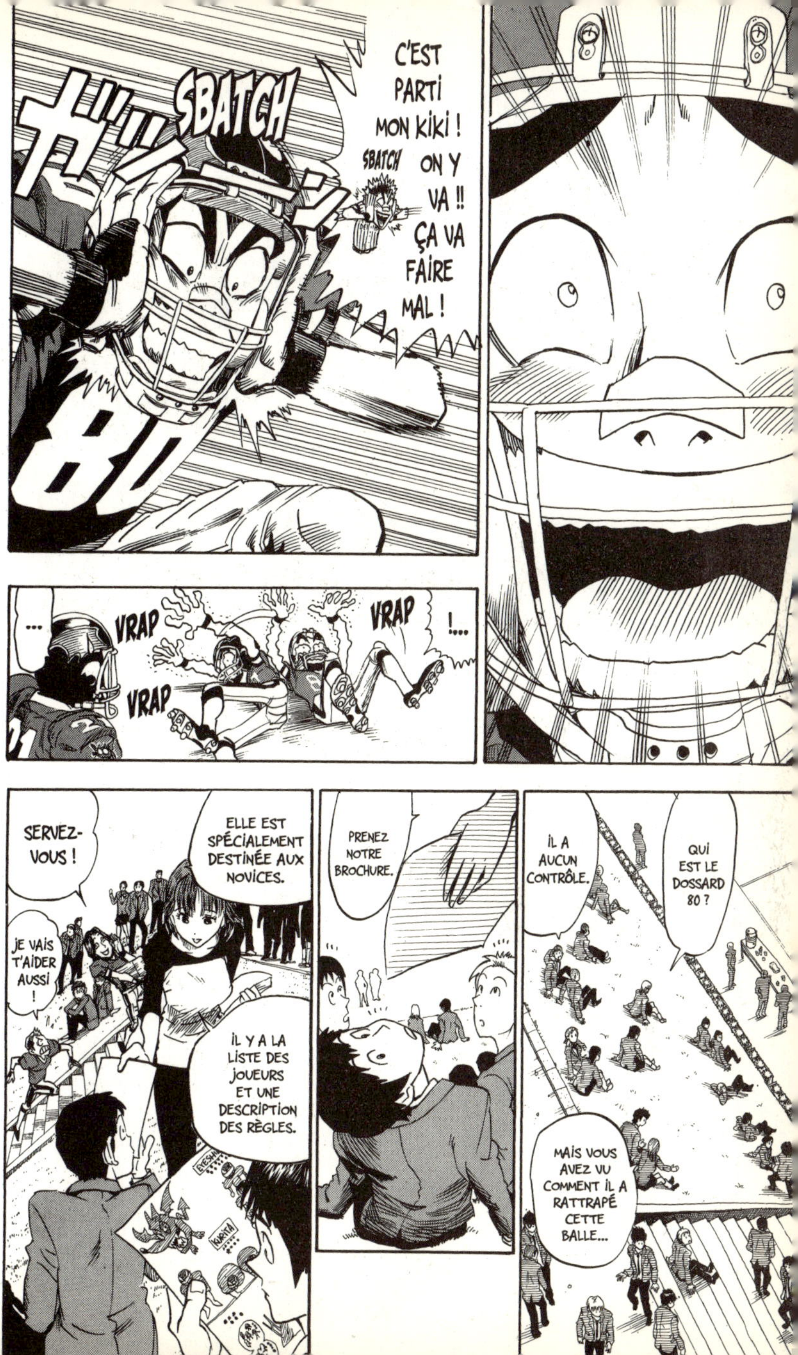
SBATCH
C'EST PARTI MON KIKI !
SBATCH
ON Y VA !! ÇA VA FAIRE MAL !
!...
VRAP
VRAP
VRAP
...
QUI EST LE DOSSARD 80 ?
IL A AUCUN CONTRÔLE.
MAIS VOUS AVEZ VU COMMENT IL A RATTRAPÉ CETTE BALLE...
PRENEZ NOTRE BROCHURE.
ELLE EST SPÉCIALEMENT DESTINÉE AUX NOVICES.
SERVEZ-VOUS !
JE VAIS T'AIDER AUSSI !
IL Y A LA LISTE DES JOUEURS ET UNE DESCRIPTION DES RÈGLES.
KURITA

POING
COMMENT UNE PASSE LOBÉE A PU PARTIR DANS CETTE DIRECTION ?!
ARGH !
OOH... JE COMMENCE À PEINE, ET C'EST DÉJÀ LA HONTE !
ALLONS, CE N'EST QUE LE DÉBUT...
BON SANG, MAIS QU'EST-CE QUE JE FABRIQUE...
ÇA, C'ÉTAIT DE LA RÉCEPTION DE BALLE !
GLOUP
J'AI POURTANT FAIT UN SERMENT À MAÎTRE HONJÔ !
ALLEZ ! T'EN FAIS PAS !
COURAGE !

ズ
ダ
ドドドドド
ドドドドド BROOM
PLUTÔT QUE DE LANCER MA COURSE...
...
BRAAM
EYESHIELD 21 !
FWISH
OOOOOOH !

LE BALLON EST CREVÉ OU QUOI ?!
ÇA EXISTE, UN TRUC PAREIL ?!
SBASH
QUOI ?...
Riddell

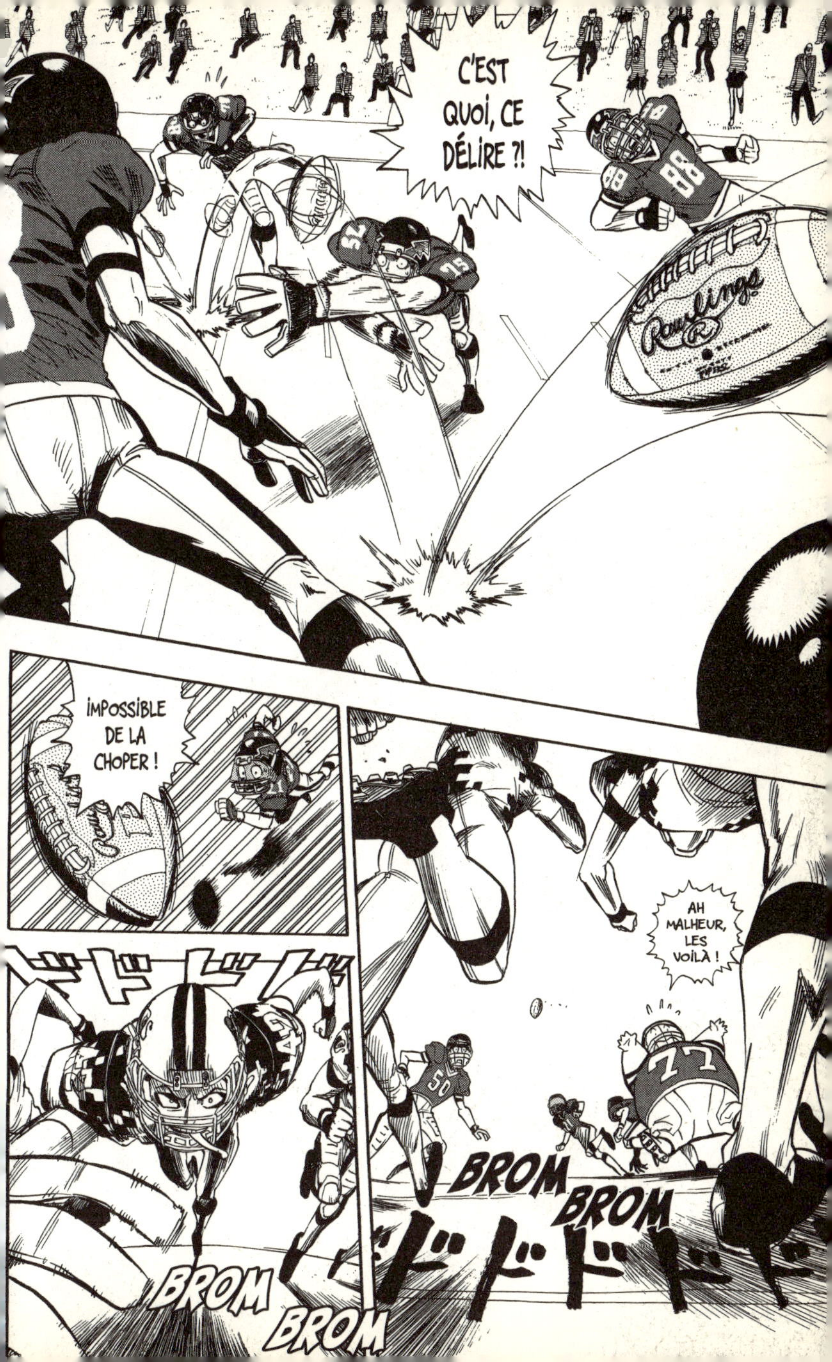
C'EST QUOI, CE DÉLIRE ?!
Rawlings
AH MALHEUR, LES VOILÀ !
BROM BROM
IMPOSSIBLE DE LA CHOPER !
BROM BROM

BUMP
Rawlings
BOM
BOM
!!

POUAH !
C'EST DE LA MERDE, CES DEIMON !
TU LEUR STOPPES LEUR EYESHIELD ET ILS NE VALENT PLUS RIEN !
STOMP
ALORS, POUR LE COUP D'ENVOI ?...
EH BEN, SI EYESHIELD NE LE RATTRAPE PAS, IL N'Y AURA AUCUN 'BLÈME.
ON VA UTILISER LE COUP DE PIED FEU D'ARTIFICE !

CHAPITRE

HERO MONKEY

de Mamori Anezaki, manager

Le Journal des Devil Bats

Eyeshield, tu ne participes jamais qu'aux entraînements en conditions réelles.
Ton conditionnement a l'air d'être personnel, car tu le pratiques tout seul.
C'est sans doute un entraînement aussi rude que celui de Notre-Dame. Bravo !

JE NE T'AUTORISE PAS À PARTICIPER À L'ENTRAÎNEMENT EN CONDITIONS RÉELLES PARCE QUE C'EST TROP DANGEREUX POUR TOI, SENA, MAIS QUE DIRAIS-TU DE VENIR AU MOINS REGARDER LA PROCHAINE FOIS ?

BIEN... BIEN SÛR...

ON VA LES RÉTAMER !
YEAH !
DEVIL BATS

ON VA LES BOUSILLER !
CHAMELEONS
S. CHAMELEONS
BRROM

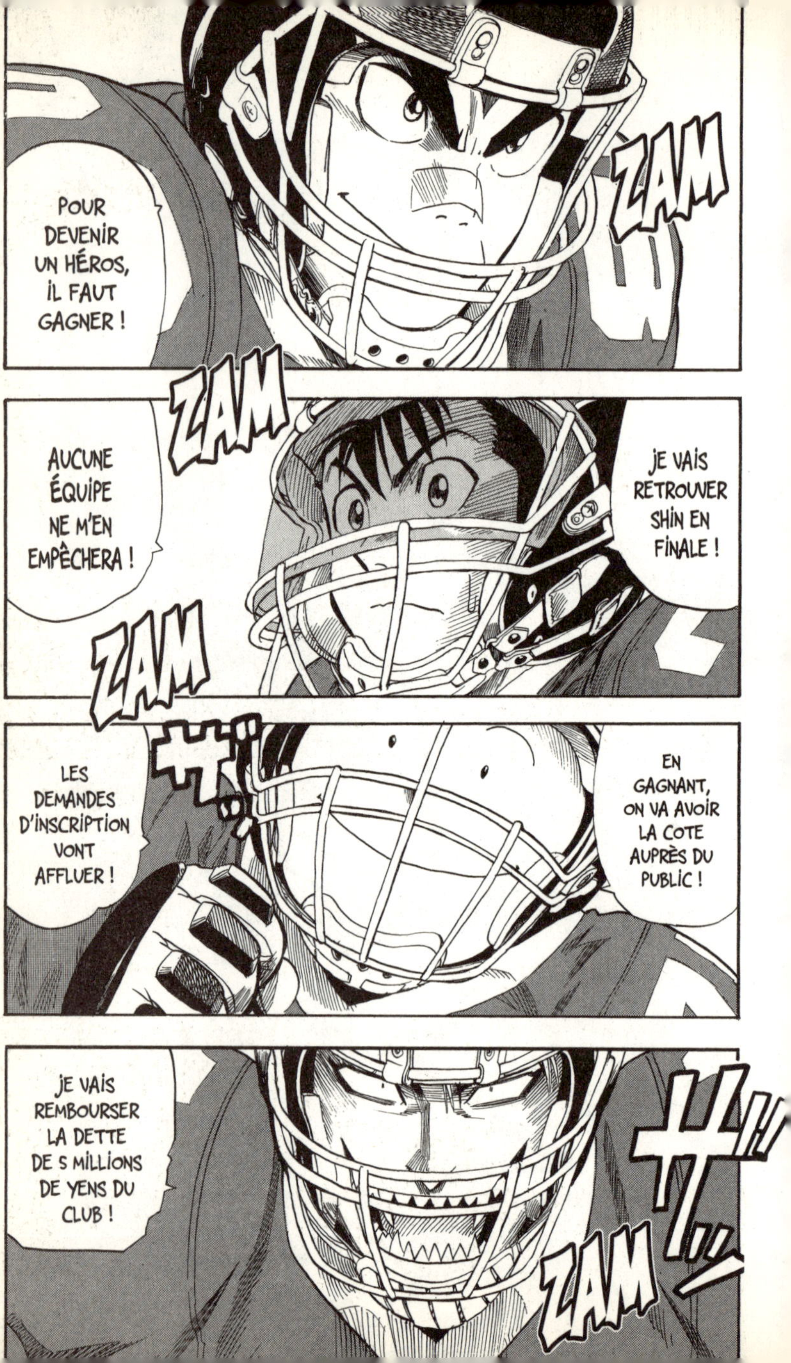
POUR DEVENIR UN HÉROS, IL FAUT GAGNER !
ZAM
ZAM
JE VAIS RETROUVER SHIN EN FINALE !
AUCUNE ÉQUIPE NE M'EN EMPÊCHERA !
ZAM
EN GAGNANT, ON VA AVOIR LA COTE AUPRÈS DU PUBLIC !
LES DEMANDES D'INSCRIPTION VONT AFFLUER !
JE VAIS REMBOURSER LA DETTE DE 5 MILLIONS DE YENS DU CLUB !
ZAM

VOUS ÊTES ENFIN REVENUS !
HA ?
HAA ?
HAAAA ?!
LE COUP D'ENVOI DU MATCH DES DEIMON DEVIL BATS CONTRE LES CAMÉLÉONS DU BAHUT DES REBELLES AURA LIEU DANS QUELQUES INSTANTS.
POURQUOI... POURQUOI ÇA NOUS ARRIVE ?...
TOUT ÇA PARCE QU'ON VOULAIT RETROUVER LE NÉGATIF ?!

POM
POM
POM
OÙ ÊTES-VOUS...
PETITS PETITS NÉGATIFS...
KRON
KRON
ALLEZ... CHERCHEZ BIEN.
ON A LE TEMPS, PERSONNE NE DEVRAIT VENIR AVANT...
SHRANK
JE...
...JE ME SOUVIENS DE VOUS !
VOUS VOULEZ VRAIMENT REJOINDRE LA LIGNE ?!

BAH
CERBERUS !
PROUT
PROUT
MAIS QUE ...?
WHOA ?!
JE SENS QUE LE MATCH VA ÊTRE DUR...
HÉLÀ ! TA GUEULE !
FAITES PAS CHIER !
CREVEZ !
IL DEVRAIT Y AVOIR QUELQUES CADAVRES.
ON AURAIT DÛ PRÉVOIR PLUS DE JOUEURS, PEUT-ÊTRE.
BON, ET SI ON EN PRENAIT DEUX OU TROIS AU HASARD PARMI LES SPECTATEURS ?!
HEEIIIN ?! MAIS ÇA VA PAS ?!
RAPPORTEZ-MOI TROIS TENUES DU LOCAL.
LAISSE, JE VAIS Y ALLER.

BUTEZ LE BAHUT DES REBELLES !
SORS-NOUS TON TACLE ASSASSIN !
WAAAH!
SMAK
!
POM
URGH !
QU'EST-CE QUI TE PREND ?!
ESPÈCE DE FUCKIN' MACAQUE !
NE GÂCHE PAS LA SURPRISE AVANT QUE LA RENCONTRE COMMENCE !

HOULÀ ! EYESHIELD EST ARRIVÉ !
OÙ ÇA ? OÙ ÇA ?
OH !
C'EST LE DÉLIRE !
ON N'A PAS INTÉRÊT À PERDRE...
ALORS T'AS UN TACLE ASSASSIN, HEIN ?
CRÈVE !
Hiii !
ZAF

SHREEK
LYCÉE PRIVE DEIMON
VROAM VROMM
VROOM

SENA ! VA CHERCHER DES SANDWICHS.
Hiii !
TAP TAP TAP
?...
POUAH !
POURQUOI ON SE RETROUVE À JOUER LES ESPIONS ?
ON DOIT TROUVER UN MOYEN DE RÉCUPÉRER LE NÉGATIF...
NE LE TOUCHEZ PAS OU ON RETIRE LES MOSAÏQUES !
...
CE SERA PEUT-ÊTRE LE MOMENT OU JAMAIS ...
... DURANT CE MATCH !

30 AVRIL...
LE MATCH DU JOUR.
LE JOUR DU COMBAT ULTIME !
LES CAMÉLÉONS DU BAHUT DES REBELLES
VS
LES DEIMON DEVIL BATS
5 MILLIONS DE YENS EN JEU
PFF !
C'EST QUOI, CETTE AFFICHE ?
EH BEN... ÇA PROMET !
C'EST TERRIBLE !

... QU'ILS NE S'ENTENDENT PAS ?
...
HMM... À BIEN Y PENSER.
IL N'Y EN A QU'UN QUI S'EST RENDU COMPTE AU PREMIER COUP D'ŒIL QU'EYE-SHIELD ÉTAIT VRAIMENT SENA.
C'EST MONTA.
JE LA SAISIS COMME ÇA ?
PAS COMME ÇA, PLUTÔT ?
'FAUT COLLER LES POUCES.
...
AH, MAIS NON, MAIS NON.
UTILISE SEULE-MENT LA MAIN DROITE.
HEIN ?
ET NE TENDS QUE LE MAJEUR.
SLAP
FLASH

TIENS ?...
SENA NE REVIENT PAS...
DÈS QU'EYE-SHIELD SE POINTE ...
... SENA DISPARAÎT POUR JE NE SAIS QUELLE RAISON.
GULP
MON DIEU...
... TOUS LES DEUX, CE SERAIT DONC...

ON VA GAGNER, HEIN !
CONTRE LE BAHUT DES REBELLES !
BIEN...
BIEN SÛR !
OUÉÉÉ !
SET !
HUT !

LA PLUPART DE CES VILAINES CHOSES...
... ÉTAIENT EN VÉRITÉ LE FAIT DE QUI TU SAIS...
HIHIHIHIHI !
PLUTÔT QUE LA PLUPART, DISONS TOUTES. C'EST PLUS SIMPLE.
PARDON.
JE NE VOULAIS PAS TE DUPER.
MAIS SI J'AVAIS DIT LA VÉRITÉ...
...JE CROYAIS QUE TU QUITTERAIS LE CLUB...
...
QUEL DOMMAGE ...
J'AI PRIS MA DÉCISION.
JE DEVIENDRAI LE HÉROS DE LA RÉCEPTION DU FOOT AMÉRICAIN.
JE VAIS QUAND MÊME PAS ME RÉPÉTER.

NON, C'EST-À-DIRE QUE... MOI, C'EST EYE-SHIELD.
AH... AAH ...
POURQUOI TU PRENDS CETTE VOIX BIZARRE, SENA ?
FWASH
RE... REGARDE !
LA DANSE D'EYE-SHIELD 21 !
C'ÉTAIT DONC TOi, ViLE FRiPOUiLLE ?!!
CRRiiK
HiiiiI !
CRRiiK
CRRiiK

TAP
AH ! LE VOILÀ !
EYESHIELD VA VRAIMENT VENIR ? JE ME DEMANDE...
IL VA FALLOIR METTRE LES CHOSES AU CLAIR AVEC LUI AU SUJET DE MAMORI.
SI JAMAIS MONTA ME GRILLE...
C'ÉTAIT DONC TOI, VILE FRIPOUILLE !
JE DOIS MODIFIER MA VOIX...
TIENS, UN NOUVEAU ? ON VA FAIRE DU BON BOULOT ENSEMBLE, PETIT !
TAP
TAP
TAP
QU'EST-CE QUE TU FICHES, SENA ?
DODOM

LES RESTES DU CADAVRE DE RICE VONT NOUS GÊNER.
'FAUT QUAND MÊME ÊTRE UN CAS POUR L'AVOIR FAIT BRÛLER...
FROT FROT
BON... ON VA FAIRE DU PASS SKELETON !
ÇA PERMET DE PRATIQUER LES PASSES EN CONDITIONS RÉELLES !
HMM...
EN CONDITIONS RÉELLES... ÇA VA DEVENIR DANGEREUX, SENA, RENTRONS.
TIENS, J'AI L'IMPRESSION QU'EYESHIELD VIENT D'ARRIVER AU LOCAL !
?
VA LE CHERCHER, BON SANG !
BOM!
AH !
OKAAY !!

TWIT! TWIT!
ON VA LES... TWIT!
MASSA... TWIT!
...CRER ! TWIT!
ON VA LES... TWIT!
ÉTRI... TWIT!
...PER ! TWIT!
METTEZ-Y PLUS DE CŒUR, LES GARS !
LA RAISON DE SE BATTRE
CHAPITRE
RA... TWIT!
VIO... TWIT!
LIS... TWIT!
SOUPE... TWIT!
DE... TWIT!
NOUILLES ! TWIT!
GÂ... TWIT!
TEAU... TWIT!
D'RIZ ! TWIT!
BON, ON VA PASSER AUX CHOSES SÉRIEUSES.

Le Journal des Devil Bats
de Mamori Anezaki, manager

Grâce à la chaine formée pour transporter les seaux d'eau, nous avons réussi à maîtriser l'incendie du lycée !...

... ceci malgré la présence d'un gêneur muni de feux d'artifice...

(ELLE SAIT PAS DESSINER...)

C'EST QUOI, CES GRIBOUILLIS DE MATERNELLE ? C'EST NUL !

OH ÇA VA, HEIN !

SHLAK
ON VA MASSACRER LE BAHUT DES REBELLES !
ILS ONT L'AIR DE FAIRE UN TRUC INTÉRESSANT.
JE RÊVE !
'FAUT JAMAIS SOUS-ESTIMER LES DEIMON !
TAKATAK
ON VIENDRA VOUS VOIR !

WAOOOOOOOWH !....
FWAASH
OUPS ?
OH, C'EST LE CLUB DE FOOT AMÉRICAIN.
ALLEZ-Y, ET POUR LA VICTOIRE !
ON EST TOUS AVEC VOUS !
EYESHIELD EST LÀ ?

SHBAAM
SENA !
C'EST PAS VRAI...

HO ! HISSE !
CRUNCH
MÊME TOI, KURITA ?
HÉ, VOUS AUTRES, CASSEZ-LUI LA GUEULE AUSSI, À RICE !
NE MÊLE PAS CES PETITS À ÇA !
...
MAMORI VA SE VEXER SI...
IL VA DONC FALLOIR ...
... SANS HÉSITER ...
... NOUS EXCUSER APRÈS !

TAKATAK
EN FAIT, LE PLUS HEUREUX QUE TU NOUS AIES REJOINTS, MONTA...
... C'EST SANS AUCUN DOUTE HIRUMA.
EUH... MON NOM C'EST RAIMON.
HIRUMA S'EST DIABLEMENT ENTRAÎNÉ À LA PASSE CES DERNIERS TEMPS...
TAKATAK
IL A LES BRAS POUR...
... ET À TENIR SA POSITION.
... MAIS IL N'A JAMAIS PU LE DÉMONTRER JUSQU'À MAINTENANT.
VOILÀ...
... NOTRE PREMIER RECEVEUR NOUS A REJOINTS !
?
GLOURS

ZWIIM
MAINTENANT QUE NOUS AVONS UN RECEVEUR...
... NUL BESOIN DE RICE !
TCHANK
LA SENTENCE EST... LA MORT !

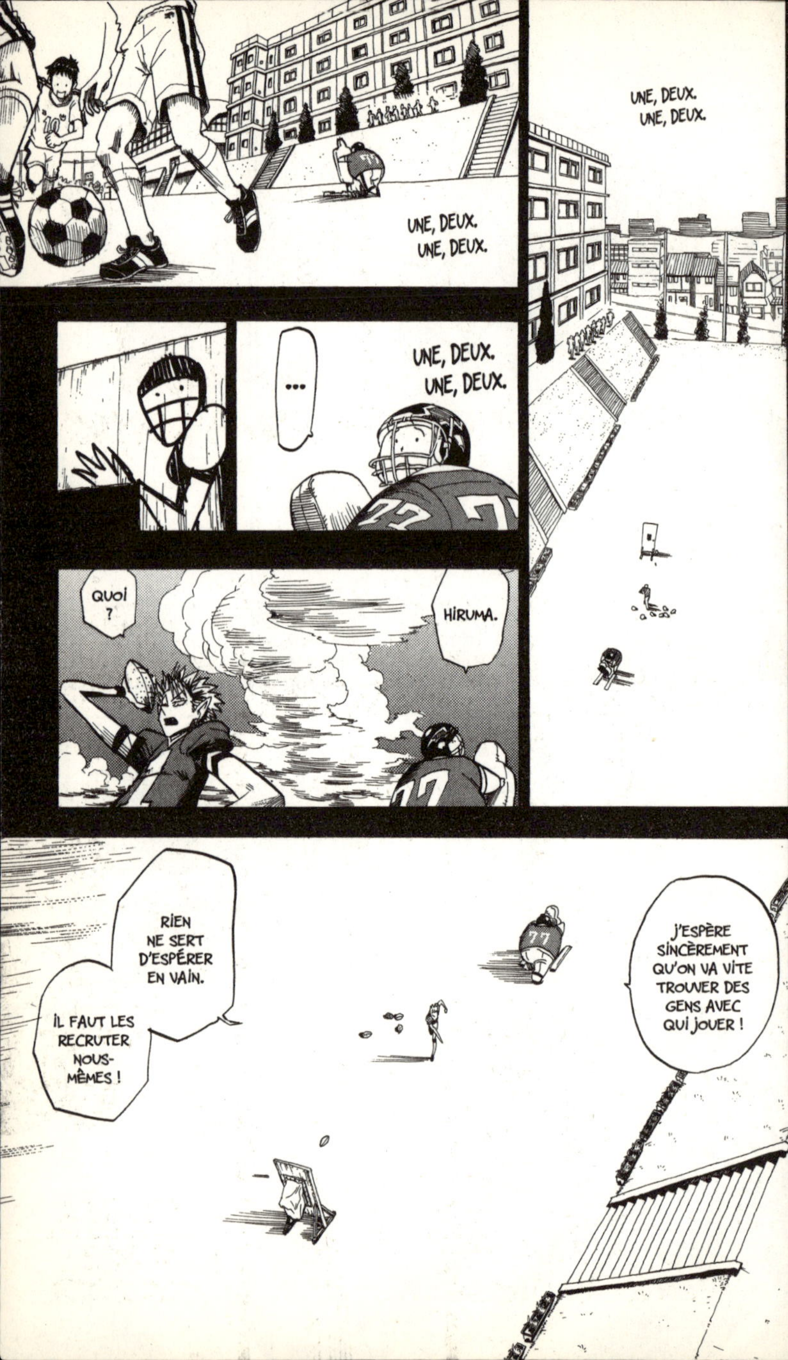
UNE, DEUX.
UNE, DEUX.
UNE, DEUX.
UNE, DEUX.
UNE, DEUX.
UNE, DEUX.
...
HIRUMA.
QUOI ?
J'ESPÈRE SINCÈREMENT QU'ON VA VITE TROUVER DES GENS AVEC QUI JOUER !
RIEN NE SERT D'ESPÉRER EN VAIN.
IL FAUT LES RECRUTER NOUS-MÊMES !

* JERRY RICE EST LE RECEVEUR DE LA NFL (LIGUE PROFESSIONNELLE AMÉRICAINE) AYANT RATTRAPÉ LE PLUS DE BALLES DANS L'HISTOIRE DU FOOTBALL AMÉRICAIN.

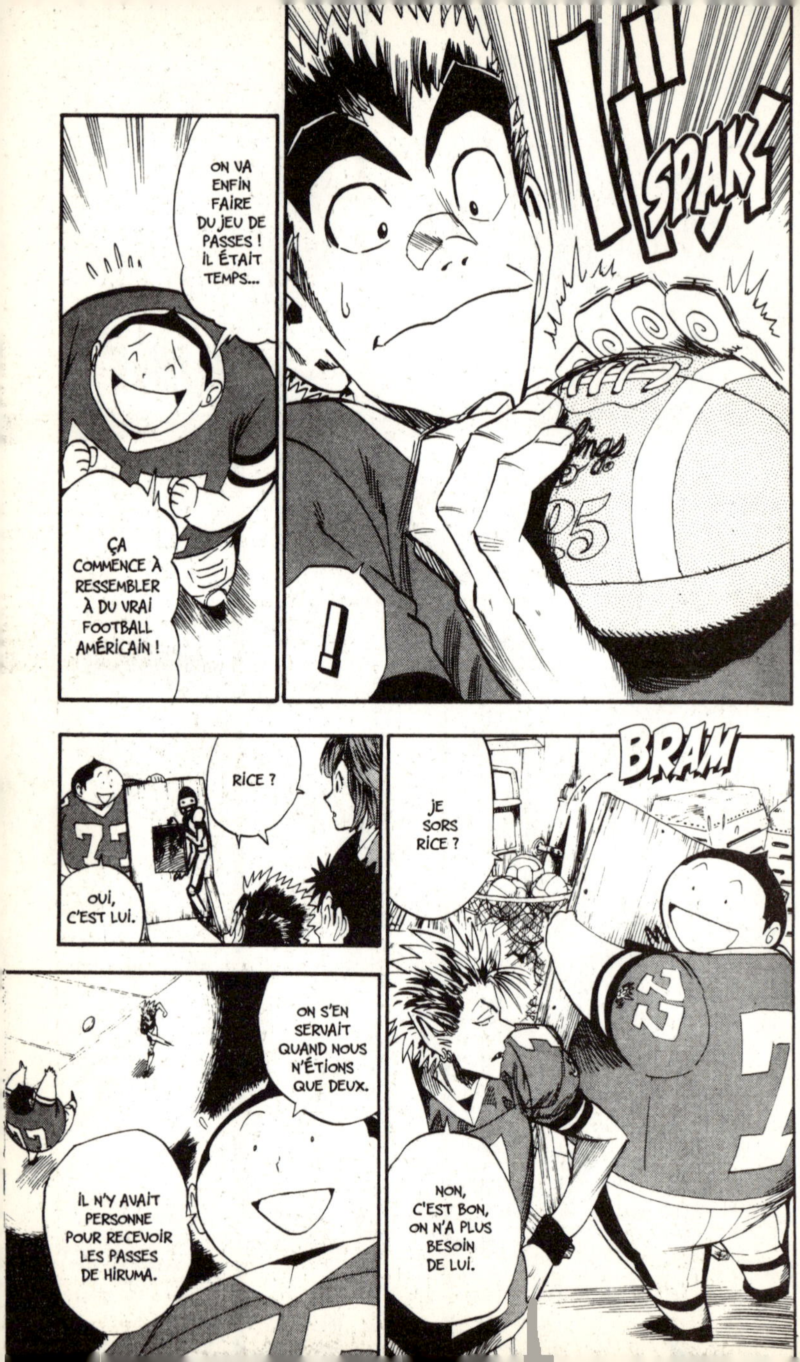
SPAK!
!
ON VA ENFIN FAIRE DU JEU DE PASSES ! IL ÉTAIT TEMPS...
ÇA COMMENCE À RESSEMBLER À DU VRAI FOOTBALL AMÉRICAIN !
BRAM
JE SORS RICE ?
NON, C'EST BON, ON N'A PLUS BESOIN DE LUI.
RICE ?
OUI, C'EST LUI.
ON S'EN SERVAIT QUAND NOUS N'ÉTIONS QUE DEUX.
IL N'Y AVAIT PERSONNE POUR RECEVOIR LES PASSES DE HIRUMA.

LYCÉE PRIVE DEIMON
BROM BROM
* ENTREPÔT DU GYMNASE
EST-CE QU'ON VA POUVOIR BATTRE DE PAREILS LASCARS ?
IL VAUT MIEUX, SINON ON VA DEVOIR RINCER CINQ MILLIONS DE YENS !
J'AI UN PLAN, EYESHIELD NOUS SERVIRA D'APPÂT.
SI TU LE METS BIEN EN BOULE...
... IL AURA POUR UNIQUE OBJECTIF DE BLOQUER TA COURSE.
MAIS À PRÉSENT ...
TZIM
... NOUS AVONS UN RECEVEUR !

Hiiii !
TAK
ALORS ?
C'EST PLUTÔT QUE TU VAS FAIRE TOUT TON POSSIBLE POUR GAGNER, NON ?!
JE VAIS TOUT FAIRE POUR GAGNER !
ÉCOUTEZ-MOI, PEU IMPORTE LA VITESSE DE CET EYESHIELD.
CE TYPE EST LIMITÉ À LA COURSE.
NOUS SOMMES RÉPUTÉS POUR SAVOIR CHANGER COMPLÈTEMENT DE TACTIQUE EN COURS DE JEU AFIN DE CONTRER L'ADVERSAIRE.
CETTE FOIS, NOUS ALLONS TOUT MISER SUR LA PROTECTION DES COURSES.
ON VA LE RÉDUIRE EN MIETTES, CE PAUV' TYPE !

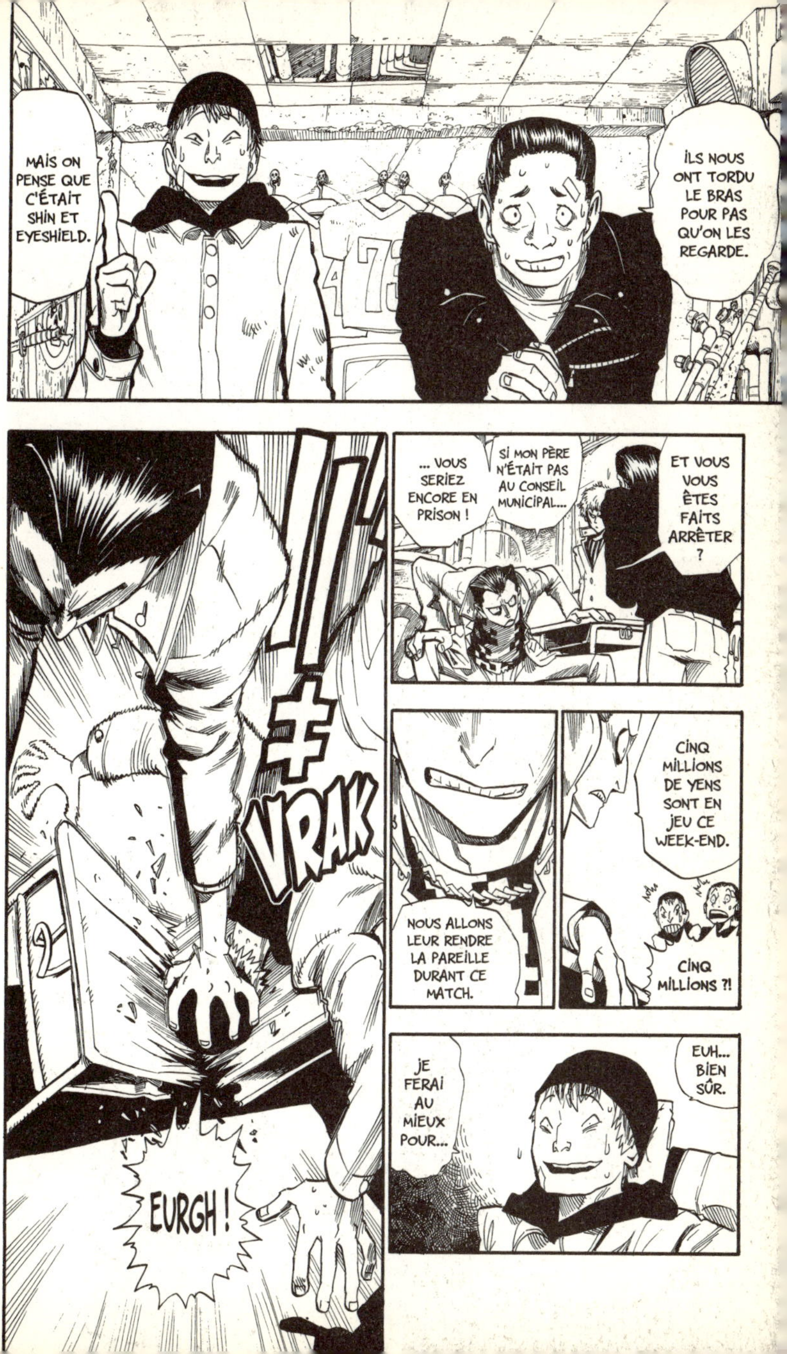
ILS NOUS ONT TORDU LE BRAS POUR PAS QU'ON LES REGARDE.
MAIS ON PENSE QUE C'ÉTAIT SHIN ET EYESHIELD.
ET VOUS VOUS ÊTES FAITS ARRÊTER ?
SI MON PÈRE N'ÉTAIT PAS AU CONSEIL MUNICIPAL...
... VOUS SERIEZ ENCORE EN PRISON !
CINQ MILLIONS DE YENS SONT EN JEU CE WEEK-END.
CINQ MILLIONS ?!
NOUS ALLONS LEUR RENDRE LA PAREILLE DURANT CE MATCH.
VRAK
EURGH !
EUH... BIEN SÛR.
JE FERAI AU MIEUX POUR...

LYCÉE PUBLIC DES REBELLES
DANGER
CRASH
VRAAM
* CLUB DE FOOTBALL AMÉRICAIN

NON, PAS DU TOUT...
... REGARDE PLUTÔT ÇA.
BIP
BOINK
WAH !
ILS ONT ÉTÉ DISQUALIFIÉS DU TOURNOI À CAUSE DE ÇA.
ILS DISENT QU'ILS POURRAIENT BIEN ÊTRE L'OUTSIDER QU'ON DOIT SURVEILLER POUR LE TOURNOI D'AUTOMNE.
PRENDS ÇA !
CRÈVE !
ILS ONT EU DE LA CHANCE DE S'EN TIRER UNIQUEMENT AVEC UNE DISQUALI-FICATION...
C'ÉTAIT DONC CE GENRE D'INDIVIDU...
ON RACONTE QU'IL SE PROMÈNE TOUJOURS AVEC UN BUTTERFLY KNIFE.
TCHAK
ALLEZ, ON A ASSEZ BAVASSÉ. ON VA S'ENTRAÎNER.
...
IL Y EN A D'AUTRES QUI SE PROMÈNENT TOUJOURS AVEC UN FLINGUE...

« DEPUIS QUE LES CAMÉLÉONS DU LYCÉE DES REBELLES ...
... ONT DANS LEUR RANG LA STAR DES LINE BACKER, LOUIS HABASHIRA...
... LEUR NIVEAU DE JEU A FAIT UN BOND DE GÉANT ».
« SON SIGNE PARTICULIER : DES BRAS DÉMESURÉMENT LONGS. »
« RIEN QUI PASSE À SA PORTÉE NE LUI ÉCHAPPE »
« QUELQUE CHOSE DONT MÊME SHIN NE PEUT SE VANTER »
GLOUP
MAIS NOUS SOMMES EN PLEINE PÉRIODE DU...
... TOURNOI DE PRINTEMPS. S'ILS PEUVENT NOUS AFFRONTER ...
... CELA VEUT DIRE QU'ILS ONT ÉTÉ RAPIDEMENT ÉLIMINÉS, NON ?

VOICI UNE NOUVELLE D'UNE IMPORTANCE PHÉNOMÉNALE, EXTRAORDINAIRE !...
CE SAMEDI, LE CLUB DE FOOT-BALL AMÉRICAIN ORGANISERA UNE RENCONTRE SUR L'ESPLANADE DU LYCÉE !
BOM
BOM
NOS ADVERSAIRES SERONT LES CAMÉLÉONS DU BAHUT DES REBELLES !
UN MATCH SUR LEQUEL CINQ MILLIONS DE YENS ONT ÉTÉ MISÉS !
LE BAHUT DES REBELLES ?!
WHAOO... C'EST DINGUE !
CINQ MILLIONS ?!
VOUS TOUS À QUI LES TYPES DU BAHUT DES REBELLES EN ONT FAIT BAVÉ !
REGARDEZ DONC COMMENT LES DEIMON DEVIL BATS VONT EN FAIRE DE LA CHAIR À PÂTÉ !
WOOH!
AVEC BIEN SÛR UNE APPARITION DE L'ANTI-HÉROS AU TACLE ASSASSIN...
... EYESHIELD 21 !
ENTRÉE GRATUITE ! CEUX QUI NE VIENNENT PAS N'ONT PAS DE COUILLES !
C'EST PAS VRAI...
...
ON VA DEVOIR GAGNER, ON DIRAIT BIEN...

VOICI VENUE L'HEURE DE VOTRE INTERMÈDE MUSICAL DU DÉJEUNER !
DITES-NOUS QUELS MORCEAUX VOUS SOUHAITERIEZ ENTENDRE... NOUS ACCEPTONS VOS DÉDICACES !
WHAOOW ! COMMENT J'AI EU LES BOULES, HIER !
OUAIS. T'AS DU CRAN, TU SAIS ÇA ?
BOUHOU... POURQUOI EST-CE QUE J'AI DIT ÇA...
YA HA HA HA HA HA !
PRENONS DONC UNE DÉDICACE AU HASARD DANS LA BOÎTE...
TCHIIK

L'AFFAIRE DE LA MORT DE RICE

CHAPITRE

...
JE SAIS QUE CE N'EST PAS MON TRUC.
MAIS JE NE JOUE PAS.
HA ! TU COMPTES SUR LES AUTRES ?
MAIS SUR QUI AU JUSTE ?
SLAF
EYESHIELD 21.

TSIF
EUH... TU DISAIS ?
TU PEUX RÉPÉTER ?
IL...
... IL A DES MAINS ÉNORMES !
TCHOP
URGH ?!
VOOF
HA !
TU TE LAISSES PROTÉGER PAR UNE FILLE ?
ALORS COMME ÇA... PERSONNE NE VOUS BATTRA ?
QU'EST-CE QU'UN PETIT TROUILLARD DANS TON GENRE PEUT BIEN ESPÉRER ?

L'AFFAIRE DE LA MORT DE RICE
CHAPITRE
ZAM
Hiii !

★ SOMMAIRE ★ ★ SOMMAIRE ★

SENA KOBAYAKAWA
SATAKE
YAMAOKA
RICE-KUN
MIYAKE
MANABU YUKIMITSU
YÔICHI HIRUMA
TARÔ RAIMON
RYÔKAN KURITA
CERBERUS
MAMORI ANEZAKI
SON SON SON SON SON SON SON
FIVE BOYS

RÉSUMÉ DES ÉPISODES PRÉCÉDENTS

SENA KOBAYAKAWA EST UN LYCÉEN TIMORÉ QUI JOUE LES LARBINS DEPUIS SA PLUS TENDRE ENFANCE. PROFITANT DE SON ENTRÉE AU LYCÉE DEIMON POUR CHANGER LES CHOSES, IL DEVIENT RESPONSABLE DU CLUB DE FOOT AMÉRICAIN. MAIS IL SE RETROUVE SUR LE TERRAIN EN TANT QU'EYESHIELD 21, ET EN VIENT ÀAIMER CE CHALLENGE... IL OBTIENT SA PREMIÈRE VICTOIRE LORS DE SON MATCH INAUGURAL FACE AU LYCÉE KOIGAHAMA, ET COMMENCE À VRAIMENT AIMER CE SPORT.

... MAIS L'AFFRONTEMENT DES DEIMON DEVIL BATS FACE AUX CHAMPIONS DU LYCÉE ÔJÔ SE SOLDE PAR UNE DÉFAITE, TERMINANT AINSI LEUR PARCOURS POUR LE TOURNOI DU PRINTEMPS. SON AMERTUME SE MÉTAMORPHOSANT EN COURAGE, SENA SE PRÉPARE POUR LE TOURNOI D'AUTOMNE. MAINTENANT QUE LEUR CINQUIÈME MEMBRE, MONTA, LES A REJOINT, LE PROCHAIN ADVERSAIRE DE LEUR CLUB EST LE CAMPUS DU LYCÉE DES REBELLES !

Eye Shield 21

• SCÉNARIO : RIICHIRÔ INAGAKI
• DESSINS : YÛSUKE MURATA

4 LE MAÎTRE DE LA PEUR